草笛物語

葉室 麟

祥伝社文庫

目次

草笛物語

くさぶえものがたり

一

　鶯《うぐいす》が鳴いた。

　江戸愛宕下《あたごした》の佐久間小路《さくまこうじ》にある羽根藩中屋敷の長屋で、十三歳の赤座颯太《あかざそうた》はひじ枕で寝転《ねころ》び、ぼんやりとそのさえずりを聞いていた。

　愛宕下は大名屋敷が多く、庭も広いだけに小鳥もよくやってくる。季節になれば鶯の鳴き声も珍しくない。

　鶯がホーホケキョとさえずるのは春先だけで、そのほかはチャッ、チャッという地鳴きであり、それは、

　——笹鳴《ささな》き
　とも呼ばれると教えてくれたのは父の兵庫《ひょうご》だった。一方で、鶯には、

　——春告鳥《はるつげどり》
　という呼び名があると語ってくれたのは母の鶴《つる》ではなかったか。母はその他にも、『万葉集《まんようしゅう》』の鶯にまつわる、

我がやどの梅の下枝《しずえ》に遊びつつ
うぐひす鳴くも散らまく惜しみ

という高氏海人《こうじのあま》の和歌も教えてくれた。大宰帥《だざいのそち》の大伴旅人《おおとものたびと》の邸宅で開かれた宴席で詠《よ》まれた一首で、わが家の梅の下枝で鶯が遊びながら鳴いているよ、梅の花が散るのを惜しんでいるのだろう、という歌だ。

梅の花が散るというのは、あるいはひとが亡くなることのたとえなのだろうか、と颯太はぼんやり考えた。

今年の一月、父と母が相次いで流行《はや》り病で亡くなり、ようやく四十九日を終えたばかりだ。ひとり息子だった颯太は一度に二親を失い、呆然《ぼうぜん》とするばかりで日々を送っている。

そう言えば、鶯は死者の伝言を鳴き声で伝えると母から聞かされたことも思い出した。

(あの鶯は、父上と母上の言葉を伝えようとしてくれているのかもしれない)

そう思うと涙が出てきた。

父の兵庫が江戸定府《じょうふ》だったため、颯太は江戸で生まれた。八歳のころから無外《むがい》流の剣術を学び、勉学にも勤《いそ》しんできたが、さして才はなかった。

気弱でおとなしい性格で、何事かあるとすぐに涙することから、屋敷内の同じ年頃の少年たちからは、

――泣き虫颯太
などと呼ばれている。だが、二年前から小姓《こしょう》として仕《つか》えている同い年の世子《せいし》、鍋《なべ》千代《ちよ》とは不思議にうまが合った。

鍋千代は剣も学問も、同じ年頃の小姓たちより格段に優《すぐ》れていたが、実力以上に持ち上げられることも多かった。それだけに、何事も不出来ながらも正直者の颯太が心安く、打ち解けられたのかもしれない。

鍋千代は、時おり颯太に、

「まわりの者はわたしが藩主の子ゆえ遠慮して褒《ほ》めそやすのだ。正直なのは、おまえだけだ」

と言った。颯太にしてみれば、鍋千代は文武に才を発揮しているのだからまわりの言葉など気にしなくてもいいだろうに、と思う。だが、身分高く生まれた者の気持はまた別なのかもしれない。

鍋千代は事あるごとに、

――颯太
と呼ぶ。初めのうちは、まわりの小姓たちも颯太だけがお気に入りなのが面白くない様子だった。だが、颯太が鍋千代の気に入りであることを鼻にかけることもなく平々凡々と過ごしているのを見て、どうせ家督を継《つ》がれるまでのことと高を括《くく》るようになっていた。

「殿様になるのも、窮屈《きゅうくつ》で面倒なものだぞ」

と時に愚痴《ぐち》めいたことを鍋千代が洩《も》らすと、颯太は半《なか》ば本気で、

「そんなことをおっしゃいますが、わたしから見ればうらやましい限りでございます。よろしければ代わってさしあげましょうか」

と返す。それを聞いた鍋千代がじっと考え込むと、今度は、

「申し訳ございません。つまらぬ戯言《ざれごと》を申しました」

と謝った。すると鍋千代は、大きくため息をついた。

「なんだ。本気なのかと思ったぞ。それもよいなと思ったが、やはり〈泣き虫颯太〉には無理だろうなと考えておったのだ」

鍋千代は大声で笑うのだった。

颯太にしても、鍋千代にとって自分は子供時代の遊び相手に過ぎないと見極《みきわ》めてい

た。実際、長屋に出入りする貸本屋から仕入れた絵草紙《えぞうし》などを颯太が持っていくと、鍋千代はむさぼるように読んで、

「面白いぞ。褒美《ほうび》をとらせる」

などとふざけて、菓子をくれたりする。そんな間柄でしかない。鍋千代が藩主になったあかつきに、颯太を重臣に取り立て藩政にあたらせるなどということはあり得ない。

だが、こうして父母が亡くなってしまうと鍋千代だけが頼りに思えて、もう少し勉学に励んでおけばよかったと悔いた。

（しかし、どんなにあがいても、行き着くところは同じことだろう）

颯太には、何事も為《な》す前に諦《あきら》めてしまうところがあった。

そして少し前に、親戚の話し合いで、颯太は伯父《おじ》にあたる国許《くにもと》の藩校教授、水上岳堂《みずかみがくどう》のもとに預けられることになった。

その話が決まると、颯太を知る大人たちは、

「赤座の〈泣き虫颯太〉が国許に参って、無事過ごせるであろうか」

「そうよな、鵙《もず》がいるゆえな」

などと噂《うわさ》していた。

颯太は屋敷内でのそんな噂を立ち聞きした時、

――もず

という言葉を耳にして、もずとは何のことだろうと思った。何となく禍々《まがまが》しいもののような気がしたが、何が待っていようと所詮《しょせん》、自分にとっては同じことだという気がした。

いまもまた寝転んだまま、

(もずとは何だろう)

と胸の中でつぶやいていた。すると、長屋の入口から、

「赤座颯太はおるか」

と甲高《かんだか》い声がした。

小姓仲間の藤林《ふじばやし》平吾《へいご》だなと思いつつ、颯太はゆっくりと起きあがって入口に出た。案《あん》の定《じょう》、平吾が立っていて、

「若殿様がお呼びだ。すぐに支度《したく》して参れ」

とせわしなく言った。小姓の間でも俊秀で知られており、鍋千代が藩主になれば側近となると自他ともに認める男だった。それゆえか、日頃から颯太を見下すところがあった。

「わたしは今日、非番ですが」

颯太が迷惑そうに言うと、平吾はむっとした。

「そんなことはわかっている。若殿様が帰国するそこもとに、餞別《せんべつ》の品をと申されておる。ありがたくお受けしろ」

はあ、さようですか、と答えた颯太は、平吾への挨拶《あいさつ》もそこそこに奥の部屋に戻って浅黄色《あさぎいろ》の裃《かみしも》を着けた。

母が生きていれば裃を着る介添《かいぞ》えをしてくれるのに、と思うと自然に涙が出そうになった。

（やはり、わたしは惰弱《だじゃく》だな）

颯太はため息をつきつつ、長屋を出た。平吾の姿はすでになかった。さっさと屋敷の奥に戻ったのだろう。

颯太が鍋千代の居室に行くと、詰めていた小姓が、

「赤座颯太、参りましてございます」

と告げた。入れ、という声がして、颯太は座敷に入って座った。

「近《ちこ》う寄れ」

鍋千代の声がかかって颯太は膝行《しっこう》した。

鍋千代は颯太と同じくまだ元服《げんぷく》前で前髪をつけているが、大柄で眉《まゆ》が太く、目が大きい。鼻も高く、あごが張った大づくりな、いかにも殿様にふさわしい顔立ちだった。

鍋千代に比べて颯太は、小柄で目鼻立ちは尋常で、特に変わったところがない。ただ男にしては色が白く、鍋千代から時おり、

——白犬

などと声をかけられて、さすがにむっとすることがあった。そんな時、颯太は胸の中で肌が浅黒い鍋千代のことを、

——黒犬

だと思ったりするのだが、無論、口にはできない。鍋千代は上段からじっと颯太を見つめて、

「国許にはいつ帰るのだ」

と訊《き》いた。颯太は両手をつかえて、

「明後日に出立いたします」

「なんだ、そんなに早いのか」

鍋千代は少し意外そうに言った。

「はい、七七日忌《なななぬかき》の法要も終わりましたので」

颯太はできるだけおとなびた答え方をしたが、鍋千代は、そうか、もう行ってしまうのか、といかにも遊び相手がいなくなって残念という言い方をした。

颯太が黙っていると、鍋千代は傍《かたわ》らに侍《はべ》る小林哲丸《こばやしてつまる》という小姓を目でうながした。哲丸は三方《さんぼう》を捧《ささ》げ持ってくると、颯太の前に置いた。

三方には、白糸巻柄《まきづか》、黒蠟色鞘《くろろいろざや》の短刀が載っていた。

「吉光《よしみつ》だ。短刀ながら名刀だというぞ。帰国の餞別にそなたにやる」

鍋千代はぶっきら棒に言った。

吉光は、京の粟田口《あわたぐち》派の名工で、相州《そうしゅう》の新藤五国光《しんとうごくにみつ》と並んで短刀の名手である。

颯太はそんなことは知らなかったが、ただの遊び相手に過ぎないと考えているのだろうと思っていた鍋千代が、これほど自分のことを思っていてくれたのかと思うと胸が熱くなった。

再び両手をついて、

「ありがたく存じます」

とお礼を言上《ごんじょう》した。鍋千代は、うんとうなずいて、

「わたしも来年のうちには国入りすることになりそうだ。そのおりにまた会おう」

と言った。

大名の世子は江戸育ちがほとんどで、国入りするのは家督を相続して藩主となる時である。いまの藩主の吉房《よしふさ》は蒲柳《ほりゅう》の質《しつ》で、病床にあることが多い。いよいよ来年には鍋千代を元服させて家督を譲ることに決めたのだろう。

鍋千代が国入りすると聞いて、颯太はやはりほっとした。国許で鍋千代の側近になることはないだろうが、鍋千代の目が届く所に出仕できるのなら、やはり心丈夫だと思えた。

「国許でお待ちいたしております」

思わず颯太が言うと、鍋千代もうむとうなずいて、にこりとした。

この日、颯太の拝謁《はいえつ》は短刀を頂戴《ちょうだい》しただけで終わった。

颯太は長屋に戻るとさっそく短刀を抜いてみた。やや細身の白刃は刃紋が美しく、気品があった。

颯太は刃を見ているうちに、心が引き締《し》まり、何かが胸に宿るような気がした。

それが何なのかはよくわからなかったが、あるいは武士は昔からこのように主君から何かを与えられて忠義を尽くす心を定めていったのだろうか、と思った。

軽く振ってみるとよく手に馴染《なじ》んで、

ひゅっ
ひゅっ
と風を切る音がした。

（武士の覚悟とはさほど難しいものではない）

そんな考えが浮かんだ。

無心になり、主君のために刀を振るうだけのことである。それとともに、あるいはひとを斬り、命を奪うかもしれない刀を振るうということは、同様に自分の命を失うことも覚悟することではないか。

ふうっとため息をつきながら、颯太は短刀を鞘に納めた。すると、いましがた悟《さと》りすましたように胸に湧《わ》いた覚悟が雲散霧消《うんさんむしょう》していた。

おかしいな、と思った。

だが、抜いている間だけ武士の覚悟を定めさせるのが、刀の持つ力なのかもしれない。ということは、武士として覚悟しなければならない時は刀を抜いてみればよいのだ。

（しかし、なるべくなら、そんなことはしたくないな）

颯太は短刀を刀架《とうか》に置きつつ思った。同時に、羽根とはどんなところなのだろうと思いをめぐらした。

なぜか光にあふれ、青い山並みが続く風景が脳裏《のうり》に浮かんだ。

二

颯太は国許に戻る藩士に連れられて羽根に入った。

初めての旅は物珍しく楽しかった。途中、大坂《おおさか》の蔵屋敷に寄るなどしてひと月後、よく晴れた日の昼下がりに国境《くにざかい》の峠《とうげ》を越えた。

すでに三月も半ばである。

羽根は旅の途中で見かけた国々とさほど変わったところはないように思えたが、山の緑がとりわけ濃く、瑞々《みずみず》しく感じられた。

国許まで道連れになってくれた藩士は、城下町の武家地の一角にある築地塀《ついじべい》をめぐらした屋敷の前まで颯太を連れてくると、

「ここが水上岳堂様のお屋敷だ」

と告げて去っていった。

颯太は荷を背負《せお》い、腰には鍋千代から拝領の吉光の短刀を差した姿で、呆然として

門の前に立ちすくんだ。やがて勇気を奮《ふる》い起こして門をくぐり、玄関に立って、

「お頼み申します」

と訪《おとな》いを告げた。屋敷の中はしんと静まり返っていたが、やがてコツリ、コツリという音とともに、杖《つえ》をついた四十ぐらいの痩《や》せた男が出てきた。総髪《そうはつ》で茶の着物に袴《はかま》をつけている。右足が不自由なようだ。

颯太はあわてて頭を下げた。

「初めてお目にかかります。赤座颯太でございます」

颯太が告げると、男は笑《え》みを浮かべた。

「そなたが颯太か。ご両親は残念なことであったな。わたしが水上岳堂、そなたの伯父だ」

そなたを預かる話は聞いているぞ、と岳堂からやさしく言われて、颯太は涙ぐみそうになった。

だが、初めて会った伯父にそんなところは見せられないと気を引き締めた。

「わたしは妻帯しておらぬゆえ、身の回りの世話は通いの門人にまかせている。今日はあいにく誰も来ておらぬから、裏の井戸で足を濯《すす》いで上がりなさい」

岳堂はそう言うと、また杖をついて奥へ向かった。

颯太は言われた通り、裏の井戸で足を洗い、屋敷に上がった。何となく見当をつけて奥座敷に行くと、岳堂は床の間を背に、右足を投げ出すようにして座っていた。

岳堂はにこりとして、

「まあ、座りなさい」

と声をかけた。颯太が前に座ると、岳堂はつくづくとその顔を見て、

「やはり面差《おもざ》しが鶴に似ておるの」

颯太の母の名をあげて懐《なつ》かしげに言った。

「さようですか」

面映《おもは》ゆかったが、やはり血がつながっている親戚とはいいものだ、と颯太は思った。

だが、岳堂は思い出を振り払うように頭を振ると、あらためて颯太に顔を向けた。

「まだ元服前の身で父母を亡くしたそなたは大変だとは思うが、ひとが生きていくのに苦難はつきものだ。その苦難とどのように対峙《たいじ》したかでひとの値打ちは決まるのかもしれぬ。これからの日々はすべて修行だと思って生きることだ」

岳堂はしみじみと言った。

颯太は黙って頭を下げた。岳堂の言葉が胸に沁《し》みるのを感じた。しかし、だからと

いってこれから自分がどのように生きればいいのか、はっきりとわかるわけではなかった。

岳堂は、ごほんと咳払《せきばら》いしてから、

「さて、先ほども申したように、わたしには妻がおらぬし、家僕《かぼく》や女中も置いておらぬ。今日のように門人が来られぬ時は炊事《すいじ》や掃除《そうじ》なども自分でしなければならぬ。そなたも今夜、空腹のままでいたくなかったら、夕餉《ゆうげ》は自らととのえる覚悟でおらねばならぬぞ」

と厳《おごそ》かに言った。すべて修行とはそういう意味だったのか、と颯太は得心した。

しかし、納得がいくことと、自らこなせることとはまた別だ。

これまで食事の支度は母がしてくれていた。母が亡くなった後も、通いの女中が何も言わずとも膳をととのえてくれていた。

食事の時、これまでの颯太は膳の前に座るだけでよかった。しかしこれからは、自分で飯炊《た》きからしなければならないようだ。

颯太がそっとため息をつくと、岳堂は微笑した。

「そなたは江戸で〈泣き虫颯太〉などと呼ばれていたようだが、それは言わば甘やかされていたのだ。国許では、何事も江戸にいる時のようなわけには参らぬぞ」

岳堂が言う、何事も、という言葉が気になって颯太は問うた。

「なぜでございますか」

「鵙殿がうるさいゆえな」

もずと聞いて颯太は目を瞠《みは》った。

「江戸でもさような話を聞きましたが、もず殿とはどなたのことでございましょうか」

岳堂は首をかしげ、そうか、颯太はまだ鵙殿のことを知らなかったのか、とつぶやいた。

「鵙とは中老の戸田順右衛門《とだじゅんえもん》殿のことだ。まだ三十前だが、過失を犯した者をあたかも鳥の鵙が獲物を狙《ねら》うように苛烈《かれつ》に責める。責められた者は追い詰められ、逃げることもできず鵙の餌食《えじき》となって木の枝に刺され、〈はやにえ〉のようになる。それゆえ、鵙と呼ばれておる」

岳堂は淡々と言った。

「戸田順右衛門様――」

颯太はその名前を繰り返した。

「そうだ。戸田殿は幼名を郁太郎《いくたろう》と言われた。まだ、そなたが生まれていなかった十六年前に切腹して果てた、中老格用人であった戸田秋谷《しゅうこく》様のご子息だ。父上の名を継いで順右衛門と名乗っておられるのだ」

颯太は少し考えてから口を開いた。

「切腹されるからには、何かのお咎《とが》めがあったのではないかと思います。さような方を父に持ちながら、戸田様はひとに厳しいのでございますか」

颯太に問われて岳堂は苦笑した。

「だからこそ、だとも言えるのかもしれぬな。戸田殿は、わたしやそなたの母の、母方の伯父で、永年家老を務めた中根《なかね》兵右衛門《へいえもん》と因縁《いんねん》があって、戸田殿が執政会議に加わると、随分《ずいぶん》激しくやり合ったそうだ」

「そうだったのですか」

颯太はこれまで藩の重臣同士の対立の話など聞いたことがなかったから、目を丸くした。

「伯父上が生きていたころは戸田殿も鵙などとは呼ばれなかった。なにしろ執政への批判や悪口は、すべて伯父上が一手に引き受けていたようなものだったからな。その伯父上が二年前に病で亡くなってからは戸田殿が何事につけ目立つようになり、鵙などと陰口を利《き》かれ出したようだ」

岳堂はふと思い出したように、

「そう言えば伯父上が亡くなる前、病床に戸田殿を呼んで長い間話し込んだことがあった。ひょっとしたら、伯父上は戸田殿に何事かを託したのかもしれぬな」

と言った。

颯太は首をかしげた。

「ですが、大伯父上様《おおおじうえ》は、戸田様と確執がおありだったのではありませんか」

岳堂は深々とうなずいた。

「それは確かにあった。戸田殿の父上、秋谷様を切腹に追いやったのは伯父上だったからな。戸田殿にとって伯父上は、言わば父の仇《かたき》だった。しかし、妙なもので、伯父上は対立しつつも執政の中で戸田殿を最も信頼していたような気がする」

岳堂の話を聞きながら、颯太は、

――鵙
と呼ばれる戸田順右衛門とはどのようなひとなのだろう、と思った。

仇名《あだな》から考えれば、狷介《けんかい》なほど厳しい人物のようだが、政敵であった中根兵右衛門という母方の大伯父が胸の奥で信じていたとすれば、上辺《うわべ》だけではわからないひとなのかもしれない。

そう思った時、来年、藩主となるであろう世子の鍋千代は、そんな執政を相手にしなければならないのだと気づいた。

(鍋千代様は、大変だな)

同情する気持が湧いてきた。

だが、かといって自分に何ができるわけでもない。せいぜい国許の事情を摑んでおいて、何かのおりに伝えるぐらいしかないだろう。そんなことしか自分にはできないのだと思い至ると、気持が沈んだ。

岳堂は颯太の様子を見ていたが、しばらくして、

「さて、まだ明るいが、夕餉の支度でもいたそうか。わたしとそなただけでやるのだ。時がかかるであろうからな」

と言った。はい、と答えて颯太は立ちあがった。藩内の複雑な話を聞いているよりも、飯の支度でもした方が増しだと思った。

岳堂に案内されて颯太は台所に入った。土間の竈《かまど》で火を熾《おこ》し、飯を炊き、味噌汁《みそしる》を作るように言われた。

岳堂はいかにも自分も炊事をするようなことを言ったが、米と野菜、味噌、鰹節《かつおぶし》、干し魚などがしまってある場所を告げると板敷に座った。

どうやら颯太が炊事をするのを監督するつもりのようだ。

しかたなく土間に降りた颯太は竈の火を熾そうと思った。だが、火吹き竹も使い慣れないだけに、なかなかうまくいかない。

その様《さま》を見た岳堂は、どうも炊事は苦手なようだな、とつぶやいた。しかし、それでも自分がやるとは言わない。

やがて火は熾せたものの煙があたりに満ちて、颯太はごほん、ごほんと咳をした。その時、

「先生、どうなさいました」

と女人《にょにん》の声がした。

颯太が火吹き竹を口から離して振り向くと、勝手口に萌黄色《もえぎいろ》の着物を着た若い女が立っていた。

色白でととのった目鼻立ちをした女は、竈の前で煙にむせんでいる颯太を驚いたように見つめている。

「佳代《かよ》殿か。夕餉の支度をしているところだ」

岳堂が落ち着いて答えたが、どことなくほっとした気配があった。佳代と呼ばれた女は手に重箱を抱えており、

「何やらお客様がお見えになっているようだと思いましたゆえ、煮しめをお菜《さい》にとお持ちいたしました。炊事ならわたくしがいたしますゆえ、おまかせください」

と言った。岳堂は困ったように答える。

「いや、わたしの門人のひとりとはいえ、隣家の女人にさような手伝いをしてもらうわけにはいかぬ。ありがたいが無用に願いたい」

佳代は笑って、

「さように仰《おお》せられても、かように煙を出されては、近所の方々が火事と勘違いして駆けつける騒ぎになるやもしれませぬ」

と言いながら、懐《ふところ》から襷《たすき》を取り出して袖《そで》をたくしあげた。

佳代は颯太を竈の前から追い払うと、薪《まき》をくべ直して煙が出ないようにしてから、鍋に水を汲《く》んで湯を沸《わ》かした。

さらにふたつある竈のもうひとつに釜をかけて、飯が炊きあがる間に手早く野菜を切ってゆでた。味噌汁を作り、干し魚を焼きと、佳代は手早く動いてたちまち夕餉の支度をととのえた。

佳代に言いつけられて颯太は膳を運び、炊きあがった飯を御櫃《おひつ》に入れた。岳堂は黙って佳代の働きを見ていたが、

「夕餉が出来ましてございます」

と声をかけられると、膳の前に座った。

颯太は夕餉が載った膳がふたつだけなのに気づいて、

「佳代様の分はよろしいのでしょうか」

と岳堂に訊いた。岳堂は、うむとうなっただけで、何も言わない。佳代は笑って言った。

「わたくしは家に戻ってからいただきますから」

岳堂は頭を下げて、

「かたじけない。助かり申した」

と礼を言った。

佳代は少し考えてから口を開いた。

「明日もおうかがいしてお食事の支度をいたしましょうか」

岳堂は佳代の顔を見つめた。

「いや、それには及ばぬ。明日は門人の誰ぞが来てくれるはずゆえ」

「さようでございますか」

佳代は残念そうに言うと、それではわたくしはこれにて、と頭を下げ、土間に降りると勝手口から帰っていった。

岳堂はかすかにため息をついた。

颯太は、いただきます、と言ったが箸《はし》をとる前に、

「伯父上、佳代様には明日も来ていただいた方がよいのではありませんか」

と言った。岳堂はじろりと颯太を見た。

「なぜ、さようなことを申すのだ」

「女人の方が料理はお上手だと思います」

「何を言う。女人にできることならば、男子にもできる。逆もまた真なりで、男子にできることは女人にもできるがな」

岳堂は重々しく言ったが、当たり前のことで颯太にはさほど重みのある言葉とも思えなかった。

ただ、岳堂には、佳代をあまり近づけたくないわけがあるのだろう、と思った。


翌日――。

颯太は岳堂に連れられて、城内にある藩校へ行った。

大手門をくぐると、広い敷地の端に瓦《かわら》葺《ぶ》きの建物があった。入口に、

——有備館《ゆうびかん》
と墨書された額が掲げられていた。藩校の有備館には学問所と剣術道場があった。

岳堂は颯太を案内して、

「そなたは今日から藩校にて学ぶのだ」

と告げた。国許に戻ればいずれ藩校で学ぶことになるとは思っていたが、さっそく翌日からとは思っていなかっただけに驚いた。

「伯父上、国許の親戚の方々への挨拶まわりなどはしなくてもよいのでしょうか」

声をひそめて訊くと、岳堂はかぶりを振った。

「さようなことはおいおいでよい。まずはそなたが藩校で研鑽《けんさん》を積み、御家《おいえ》の役に立つ者であることを示すほうが大事ゆえな」

「さようなものでしょうか」

颯太が思わず首をかしげると、岳堂は、ふふっと笑って、

「さもなくば、鵙殿が飛んできて、そなたを〈はやにえ〉にするぞ」

と脅《おど》した。颯太は身震いした。

岳堂は学問所の教授のひとり、小橋勘右衛門《こはしかんえもん》という白髪の老人に颯太を引き合わせて、

「よしなに」

と頼んでくれた。丸顔の勘右衛門はひとのよさげな笑顔で、岳堂殿の甥御《おいご》か、とうなずいた。だが、颯太が、

「赤座颯太でございます」

と挨拶すると、片方の眉を上げた。

「赤座一族か――」

勘右衛門は、ううむとうなった。岳堂は平然として、

「江戸定府の赤座兵庫殿の息子でござる。兵庫殿が亡くなられたゆえ、国許に戻りました」

と言った。

勘右衛門はちらりと岳堂を見た。

「このこと、戸田様はご存じか」

岳堂が答える前に男の声がした。

「小橋先生、ご懸念は無用にございます」

颯太がはっとして声がした方を見ると、羽織《はおり》袴姿の引き締まった体つきの武士が立っていた。眉があがり、目が涼しく、若々しい顔立ちだった。

颯太にはなぜかこの武士が、岳堂が話していた、
――鵙殿
戸田順右衛門そのひとだと直感でわかった。

三

颯太が藩校で出会った戸田順右衛門は、鵙殿という評判が似合わない穏《おだ》やかな表情をしており、颯太に、

「励まれよ」

とひと声かけただけで、岳堂に藩校の運営に関わることを伝えるとそのまま去った。颯太にさほどの興味を示さなかった。

だから、自分と順右衛門には何の関わりもないのだろうと思った。

だが、この日、颯太が半ば見学のような形で勘右衛門の講義を聴いて屋敷に戻ると、岳堂は、

「やはり、知っておいたほうがよかろう」

と言って、赤座一族と順右衛門の関わりを話し始めた。

それは颯太が生まれる前の出来事だった。

颯太の祖父、赤座与兵衛《よへえ》は順右衛門の父、秋谷と確執があった。秋谷は御家騒動の際に、与兵衛の子で小姓として出仕していた弥五郎《やごろう》を斬った。このことを赤座一族は恨《うら》みに思って秋谷と反目した。

秋谷が切腹したことで赤座一族との因縁は消えたかに見えたが、秋谷の子である順右衛門がしだいに出世してくるとかつての軋轢《あつれき》を蒸《む》し返した。順右衛門が執政のひとりになるまで、赤座一族は何度も妨害しようとした。

その度《たび》に順右衛門は手厳しく反撃して、中老まで伸《の》しあがったのだ。

いまでは赤座一族も諦めたかに見えるが、江戸から世子鍋千代の小姓をしていた一族の者が戻ったとなると、また蠢《うごめ》き出すかもしれない。

岳堂は話し終えて、

「そなたは自分とは関わりがないことだと思うであろうが、ひとの世はしがらみで出来ている。自らの氏素性《うじすじょう》を、まったく知らぬことだとは言えないものだ」

「伯父上は、それゆえわたしに親戚への挨拶まわりをさせなかったのでございますか」

颯太が訊くと、岳堂は苦笑した。

「親戚の中で、藩内の争いと関わりを持たないのはわたしだけだ。できれば、そなたもわたしのように生きたほうがよいと思うてな」

颯太は吐息をついてから答えた。

「お教え、もっともなことだと存じます。わたしも争い事などまっぴらです。さようなことに関わらずに生きて参りたいと思います」

それがよい、と岳堂は頭を大きく縦に振った。しかし、その後で、

「思えば秋谷様も順右衛門殿も、さようなことに巻き込まれたくはなかったであろう。難しいことから逃《のが》れて生きているのは、あの男ぐらいのものか」

とつぶやいた。

この日、颯太は岳堂の門人が支度した夕餉を食べた後、読書をしてから就寝した。

寝入りばな、岳堂が言った、

——あの男
とは誰なのだろう、とふと思った。

ひと月がたった。

颯太が藩校から帰って門をくぐろうとすると、隣屋敷の門前にいた佳代が近寄って

きて、

「お客様がお見えゆえ、いまはお戻りにならないほうがよいと先生がおっしゃっていました。わたくしの屋敷にて、しばらく時を過ごされるとよいと思います」

と囁《ささや》くように言った。

颯太は驚いたが、言われるままに佳代の屋敷に入った。佳代は颯太を中庭に面した座敷に連れていくと、すぐに茶を持ってきた。

颯太は茶を飲んでから佳代に、

「客とはどなたです」

と訊いた。

「赤座九郎兵衛《くろべえ》様。馬廻役《うままわりやく》、三百石《こく》のご身分で、あなたには、父方の大叔父《おおおじ》にあたる方だと思います」

佳代は即座に答えた。

「いつか、ご挨拶ができるおりが参ればよろしいのですが」

颯太はそう言って佳代を見つめた。

蒸し暑い日で、颯太の背中は汗で濡《ぬ》れていた。

佳代もまた額《ひたい》に汗を浮かべているが、それは暑さというよりも緊張のためのように颯太には思えた。

「間もなく御家の代替わりの話が公《おおやけ》になるようです。その時、家中《かちゅう》にもめ事が起きるやもしれないとうかがいました」

「家督は鍋千代様が継がれることに決まっているのではありませんか。わたしは鍋千代様からそううかがいましたが」

佳代は、ああ、やはり、という顔で颯太を見た。

「赤座九郎兵衛様はあなたが若殿様の御小姓衆だったことをご存じですから、あなたから若殿様の話を根掘り葉掘り訊き出そうとなされるでしょう。先生は、あなたをそのようなことに関わらせたくないと思っていらっしゃるのです」

「わたしは鍋千代様のことを洩らしたりはいたしませんが」

颯太は憤然《ふんぜん》として言った。

佳代は微笑した。

「そうだと思います。ですが、いまの家中には、若殿様が家督を継ぐことに異を唱《とな》えるひとたちがいるのです」

「大叔父様も異を唱えていると申すのですか。しかし、ほかに家督を継げる方などいないはずです」

颯太は息を呑《の》んだ。

「そう考えないひともいるということです」

「信じられません」

頭を振って颯太はつぶやいた。

「そんなひとたちは、若殿様が藩主にふさわしいと考える中老の戸田様と因縁のある、赤座一族であるあなたが帰国したと聞いて、手ぐすね引いて待っていたのです。若殿様の御小姓衆だったあなたを自分たちの味方に引き入れれば、若殿様について藩主にふさわしくないと、いくらでも中傷《ちゅうしょう》できると考えているのかもしれません」

「まさか、わたしはそんなことはいたしません」

颯太はきっぱりと言った。

「あなたが言わなくても、あなたが言ったこととして虚言を言い触らすのはたやすいことです。もしあなたが味方にならずとも、あなたを捕らえ、ほかのひとに会わせなければ、たとえ虚言でも本当のことになってしまいますから」

「なんと恐ろしい」

颯太はぞっとした。

同時に、鍋千代が殿様になるのも窮屈で面倒なものだと洩らしていたことの意味がわかった気がした。世子だからといって、誰もが崇《あが》めてくれるとは限らないのだ。おそらく中には、仇敵《きゅうてき》のように思って取って代わろうとする者もいるのだ。そんな者の憎悪を、鍋千代はどこかで感じていたのかもしれない。

颯太がそんなことに思いをめぐらしていると、玄関先で岳堂の声がした。佳代が嬉《うれ》しげに出ていき、玄関で岳堂に上がるように勧める声が聞こえた。断るだろうと思った岳堂は勧められるまま上がり、颯太がいる座敷までやってきた。

岳堂は颯太の前に座るなり、

「そなたの大叔父、赤座九郎兵衛殿がお見えであったが、たったいま帰っていただいた。前にも申した通り、わたしはいま九郎兵衛殿をそなたと会わせないほうがよいと思ったのだ」

と言った。颯太は居住まいを正して、

「家中の事情は佳代様からうかがいました。わたしもお会いしないほうがよかったと思います」

「ほう、そうか――」

岳堂はうなずいてから、そなたはどのように考えたのだ、と訊いた。

颯太は腰の短刀を抜いて前に置いた。

「これは鍋千代様から拝領したものでございます。わたしは鍋千代様の遊び相手というだけでしたから、将来、藩の重責を担《にな》う側近にはとてもなれません。それでも生涯にわたって鍋千代様の親しき友ではありたいと思っています。それゆえ、鍋千代様のためにならぬことはいたしません」

はっきりとした口調で颯太が言うと、岳堂は微笑《ほほえ》んだ。

「ほう、友か。君臣の間柄でさようなことが申せるのは、元服前のいまだからこそだろうな」

「そうかもしれませんが、わたしにはたったいまのことしかわかりませんから」

颯太は迷うことなく言った。

「なるほど、過去にとらわれ、将来に迷うのはおとなの悪いところだろうな。いまを懸命に生きるのも一つの生き方であろう」

岳堂は腕を組んでしばらく考えてから、

「わたしの屋敷におれば、そなたはいずれ赤座一族の者と会わないわけにはいかなくなる。それを避けるために、そなたをわたしの友のもとに預けようと思うが、どうだ」

と言った。

颯太は驚いた。

「藩校はいかがするのですか」

「学問と武術なら、何も藩校に行かずとも学べよう」

岳堂はあっさり言った。

そう言われてみると、藩校に通い出してひと月たっても、特に親しい友が出来ていないことを颯太は思い出した。

江戸から来た颯太は、ともすれば藩校でも蚊帳《かや》の外に置かれ、白い目で見られている気がする。そんなことを考えていると、佳代が口を挟んだ。

「わたくしも先生の言われるようにしたほうがよいと思います。このまま城下にいれば、きっと嫌な思いをすることになります。それよりも相原村《あいはらむら》に行かれませ」

佳代は、岳堂が颯太を誰に預けようとしているのかを知っているようだ。

「伯父上のご友人は城下にはいらっしゃらないのですか」

颯太が訊くと、岳堂は笑って答えた。

「領内を流れる高坂川《こうさかがわ》の上流に相原村という静かな村がある。そこには藩の薬草園があって、わたしの友はそこの番人をしておる」

薬草園の番人と聞いて、颯太は少し気落ちした。

藩校の教授である岳堂の友人ならばそれなりの身分のひとだろうと思ったが、薬草園の番人とは意外だった。

しかし、佳代がうなずいて、

「まことに素晴らしい方です。わたくしは、武士《もののふ》とはあのような方のことだと思っています」

佳代のその言葉を聞いて、颯太は迷わず心を決めた。

「その方のもとへ参ります」

このひと言で、颯太は初めて、自ら自分の人生を選んだ。

三日後――。

岳堂は颯太を連れて相原村に向かった。

足が不自由な岳堂は馬に乗り、颯太は歩いた。手には、竹の皮で包んだ握り飯の弁当を手拭《てぬぐい》にくるんで提《さ》げている。

今朝、佳代が作って届けてくれたものだ。

城下を出て、田植えを終えたばかりの田が続くあたりに出た時、颯太は何気なく、

「伯父上は、佳代様を妻に迎えるおつもりはないのですか」

と訊いた。岳堂は思わぬ問いにうろたえたのか、声をうわずらせた。

「馬鹿な。なぜそのようなことを申すのだ」

「佳代様は、よい奥方になられる気がするからです」

颯太は何も考えず、思った通りのことを言った。

岳堂は笑った。

「ひとはそれほど容易に物事を決められぬものだ」

「佳代様ではいけないのでしょうか」

颯太は訝《いぶか》しく思った。佳代は、真摯《しんし》に岳堂のことを想っているのではないか。そんな女人と暮らす方が、男にとっては幸せなのではないだろうか。

「わたしは学問を志《こころざ》す時に、妻帯せぬと心に誓ったのだ」

岳堂は少し寂《さび》しげに言った。

「ですが、伯父上はいまや藩校の教授ですし、諸国にも学者として名が聞こえているではありませんか。もはや学問の道は成就《じょうじゅ》したのではありませんか」

「成就などせぬ。まだまだ先は永いのだ」

淡々と答えて、岳堂は馬を打たせていく。

そんなものだろうかと思いつつ、颯太は口を閉じて歩いた。
佳代のことをこれ以上、岳堂には訊いてはいけないのではないかと思った。
歩みを進めていくと、田を渡ってくる風が爽《さわ》やかで気持よかった。
(江戸では味わえない風だ)
羽根に来てよかった、と颯太は思った。その時、

ぴぃ――っ

甲高い音が風に乗って聞こえてきた。
颯太は、何だろうと思ってあたりを見回した。
だが、ひとの姿は見えない。
それでも、また、

ぴぃ――っ

どこかから音が響いてくる。

（鳥が鳴いているのだろうか）

颯太は空を見上げた。だが、鳥の影もない。何なのだろう、と颯太が首をかしげていると、岳堂が、

「どうしたのだ」

と訊いた。

「聞き慣れない音がします」

颯太が答えると、岳堂は、

「ああ、あれか——」

と笑った。そして颯太に道端の草を取ってくるように言った。颯太が草を取って渡すと、

「さっきの音は草笛の音色《ねいろ》だ」

と言って、岳堂は草を口もとにあてて吹いた。

ぴぃ——っ

という澄んだ音が響いた。

「村の子供たちが遊んで吹くのだ。いや、遊びながらおたがいがはぐれないように吹いているのだ。だとすると、草笛は友を呼ぶ笛かもしれぬな」

岳堂は馬上で草笛を吹きながら進んでいく。その音色を聞いていると、颯太はせつない思いが湧いてきた。

なぜなのだろう、ふと鍋千代の顔が浮かんだ。自分は鍋千代の遊び相手でしかないとわかっていたが、自分にとって鍋千代は本当の友なのかもしれないと思えてならなかった。そう思うことを、鍋千代も許してくれる気がしていた。

そんなことを思いながら、颯太は歩いた。

やがて田が途切れて、草花が生《お》い茂った場所に出た。

少し先に、茅葺《かやぶ》きの百姓家のような一軒家が見えた。

岳堂はそこで馬から下り、手綱《たづな》を引いて家に近づいていく。家のそばは畑になっているらしく、もろ肌を脱いだ男が鍬《くわ》を振るっていた。

岳堂が近づくと、馬蹄《ばてい》の音で気づいたのか、男は鍬を下ろして振り向いた。

日焼けした精悍《せいかん》な顔だった。

岳堂を見て、

「信吾《しんご》、ひさしぶりだな」

と声をかけてきた。岳堂は笑いながら、

「手紙で知らせたが、この者がおぬしに預かってもらいたい甥だ」

岳堂にうながされて、颯太は前に出た。

「初めまして。赤座颯太と申します」

颯太が挨拶すると、男は肩を入れながら近づいてきた。

「檀野庄三郎《だんのしょうざぶろう》でござる」

そう名乗った男は白い歯を見せて笑った。

四

颯太は檀野庄三郎に頭を下げた。

「よろしくお願いいたします」

「何もないところだが、体を鍛《きた》え、心を鍛えることぐらいはできよう。気楽に過ごすがよい」

庄三郎はにこやかに言った。

岳堂が苦笑して、

「若い者をさように甘やかしては困る。厳しくせねば、よい芽は育たぬぞ」

と言うと、庄三郎は笑った。

「おぬしは学問だけで百姓仕事は知るまい。この世は苛烈なのだ。少々厳しくしたぐらいでは乗り越えられぬ。肝要《かんよう》なのは、あるがまま、おのれのままに生き抜いていく力なのだ。百姓はなまじ手を加えずに芽を育てていくぞ」

岳堂は頭を小さく横に振った。

「ああ言えば、こう言う。昔からおぬしのへらず口は変わらぬな」

ふたりがそんなことを言い合っていると、家の中から女人が出てきて、

「水上様、さようなところで立ち話などなさらず、お入りください。お茶をお出ししますゆえ」

と声をかけた。
三十五、六歳だろうか。色が白くととのった顔立ちで、澄んだ目が印象に残る女人だった。颯太が見つめていると、女人は微笑んだ。
「この方が赤座颯太殿ですか。檀野の家内で薫《かおる》と申します」

すずやかな声で薫は言った。いつの間にか薫の後ろに十歳ぐらいの女の子が来ていた。母親に隠れるようにして颯太を見ている。

庄三郎が女の子に気づいて、

「桃《もも》、何をしている。客人に挨拶せぬか」

と声をかけた。

桃と呼ばれた娘はあわてて薫の前に出ると、手を揃《そろ》えて、

「よくお出《い》でくださいました。桃と申します」

と挨拶した。

岳堂は、ははっ、と笑った。

「桃殿、よい挨拶ができましたな」

庄三郎は岳堂に顔を向けて、

「ほれ、そのように、おぬしは桃には甘いではないか。厳しくするなら誰にでも同じようにせねば意味があるまい」

と小言《こごと》を言った。そして、颯太に向かって、

「これは、わたしのひとり娘の桃だ。女房殿に似てくれたらよかったのだが、どうもわたしに似たようだ」

と言って、あははは、と笑った。桃は庄三郎の言葉で恥ずかしくなったのか、また薫の陰に隠れた。

薫は庄三郎の言葉にはかまわず、

「水上様――」

と、再び声をかけて家の中に案内した。桃は嬉しそうに岳堂を見上げている。颯太も岳堂についていくと、庄三郎はまだ何か言いたそうにしていたが、諦めたのか頭を振って家に入った。

家の中も、百姓家のように入口からすぐ土間になり、上がり框《かまち》があって、囲炉裏《いろり》を切った板敷へと続いていた。

颯太は岳堂とともに囲炉裏端に座った。庄三郎も向かい側に座って、

「颯太殿を預かるのはかまわぬが、郁太郎、いや順右衛門はどうなのだ。相変わらず家中で孤立しているのではないか」

と問いかけた。

岳堂は、うむ、とうなずいた。

「まあ、表立っては相変わらずだが、若い者の中には順右衛門殿の頑《かたく》ななまでに素志を曲げぬ姿勢をよしとする者も出てきておる」

「おお、それはよき報《しら》せだな」

庄三郎が顔をほころばせると、岳堂は手を振った。

「まだわずかな人数だ。しかし家中では、早その者たちのことを若鴟組《わかもずぐみ》などと呼んで揶揄《やゆ》しておるようだ」

「からかわれようと嘲《あざけ》られようと、自らの考えを示す者が出てきたのは心強いこと。いずれ颯太殿も若鴟組となってくれるやもしれぬな」

庄三郎は颯太に顔を向けた。颯太は戸惑《とまど》って目を逸《そ》らした。

茶を持ってきた薫が、

「旦那様《だんなさま》、勝手なことを申されては颯太殿が迷惑でございます。颯太殿には颯太殿のお考えがございましょう」

と言った。庄三郎をなだめてくれたのだとはわかったが、考えがあるだろうと言われると、颯太はさらに困惑した。

家中に不穏な気配が漂っているらしいことはわかるが、関わりを持つ気はなかった。

もし、若殿の鍋千代に困ったことが起きるのであれば、何事かできることをしなければならないが、それもまだ、ぼんやりとした気分でしかない。

「わたしには何もわかりません」

颯太が思わず口にすると、庄三郎はからからと笑った。

「それはそうだろうな。わたしも若いころは何もわからなかった」

庄三郎の言葉にほっとした颯太は、ふと誰かが自分を見つめている気がした。薫の陰に隠れるようにして座っている桃だった。

桃は颯太を珍しい物を見るように見つめている。颯太は少し背筋を伸ばした。いま口にしたことは子供じみていたな、と反省した。

もう少し大人びたことが言えればいいのに、と考えてから、

「わたしは若君、鍋千代様を命がけでお守りいたしたいと思っています」

と口にした。こう言えば、庄三郎が感心してくれるのではないかと思った。

だが、庄三郎は表情を変えずに、

「颯太殿、そなたはいま口にしたことを、この場ですぐにできるのか」

と言った。

「すぐにと言われましても」

問い返されると思っていなかった颯太は口ごもった。庄三郎は颯太を見据《みす》えて、

「武士は先でやろうと思うほどのことは口にしてはならぬ。口にすべきはいますぐにやれることだけだ。先ほど話に出た順右衛門はそなたとさほど年が変わらなかったころ、友のために何かをすると口にした時には、すぐさま刀を持って友の仇のもとへ向

かったのだぞ」

と諭《さと》すように言った。

颯太は恥ずかしくなってうつむいた。

岳堂がやわらかな言葉つきで話した。

「しかし、家中で生きていく限り、いずれはぶつかることになるのだから、いまから考えておいたほうがよい。そのために颯太をおぬしに預けるのだ」

庄三郎は、ちらりと岳堂を見た。

「だが、颯太殿は赤座一族ではないか。おのずと生き方は決まってくるぞ」

岳堂は鋭い視線を庄三郎に送った。

「檀野庄三郎にして、その言《げん》があるのか。家中のしがらみに囚《とら》われず、自らの信じる道を貫《つらぬ》くのが檀野庄三郎ではなかったのか」

庄三郎は即座に手を振った。

「とんでもない。確かにわたしは秋谷様のようになりたかった。だが、どうやっても及ばんな。いまでは山火事を起こしたしくじりで薬草園の番人だからな」

庄三郎が言うと、薫が、

「ですが、あの山火事は村の者を助けようと――」

と言いかけたが、庄三郎に目で制されて口をつぐんだ。

庄三郎はからりと笑って、

「しかし、わたしと違って順右衛門は中老にまで上った。まことにたいしたものだ」

薫はかぶりを振った。

「ですが、弟は鵙などと呼ばれております。やはり、父上の徳には及ばないのではありますまいか」

庄三郎は微笑した。

「順右衛門には順右衛門の考えがあってのことだ」

岳堂が口を開いた。

「藩を動かしていた伯父の中根兵右衛門が亡くなり、もはや順右衛門殿を妨《さまた》げる者はおらぬはずだが」

庄三郎の目が光った。

「いや、そうではあるまい。中根様が亡くなられたゆえ、また魑魅魍魎《ちみもうりょう》が出てきておる」

「勘定奉行の原市之進《はらいちのしん》殿か」

庄三郎はかぶりを振って、

「月《つき》の輪《わ》様だ」

と言った。その名を聞いた岳堂は眉間《みけん》にしわを寄せ、話柄《わへい》を変えた。

「それにしても、順右衛門殿は奥方を亡くされたままで再び妻を娶《めと》られないのはなぜなのだ。ひとり娘の美雪《みゆき》殿もおられるのに、奥のことはいまも母上まかせだそうではないか。なにゆえさように頑なに生きるのであろう」

「順右衛門は頑固でひとの言うことを聞かず、ひとの情というものを解しようとはしない。そして、皆が自らと同じように生きねばならぬと思っている」

庄三郎はため息をついた。

岳堂はそれ以上そのことについては口にせず、囲炉裏に目を遣《や》って、

「この家は、かつて秋谷様が暮らしていた向山村《むかいやまむら》の家に似ているな」

と言った。庄三郎は、はは、と笑った。

「おぬしもそう思うか。住みやすいようにと思って造作《ぞうさく》しているうちに、いつの間にか似てしもうた」

「やはり、懐かしいな」

岳堂が言うと、庄三郎はうなずいた。

「わたしは亡き義父上《ちちうえ》、秋谷様のように生きたいと思ったが、果たせなかった。その

思いは順右衛門も同じであろう。ふたりとも何かが欠けているのであろうな」

傍らの薫がくすりと笑った。庄三郎が怪訝《けげん》な顔をして薫を見た。

「何がおかしいのだ」

「旦那様も順右衛門も、父を尊敬するあまり卑下《ひげ》されますが、そんなことはありません。ふたりとも父の衣鉢《いはつ》を継いで、同じように生きているとわたくしには思えます」

「そんなことはない。義父上は、わたしたちよりはるかにご立派だった」

庄三郎は憤然として言った。

「殿方は尊敬したひとを自分よりはるかに大きいと思うようですけれど、身近に暮らした妻や娘の目からは違っております」

「そうであろうか」

庄三郎は首をひねった。

「わたくしも、父は立派なひとだったと思っております。ですが、母上は父のいたらぬところや迂闊《うかつ》なところも見ておりました。母上は、そんなところも含めて父をいとおしんだのだと思います」

岳堂は頭を大きく縦に振った。

「だとすると、偉かったのは、秋谷様をわが掌《て》に置いていとおしんだ、お釈迦《しやか》様のような奥方であったということになるな」

「そうかもしれんな。だとすると、男子の本懐とはよき伴侶《はんりょ》を得ることなのかもしれぬ」

庄三郎はしみじみと言った。岳堂は笑った。

「おぬしには薫殿がいるではないか」

「わたしのことではない。先ほどから話している順右衛門のことだ」

庄三郎が重い口調で言うと、薫が手を上げて制した。

「旦那様、そのことは――」

薫は、ちらりと颯太に目を遣った。庄三郎ははっとして、

「そうであったな。年少の者に聞かせる話ではないな――」

と言って口を閉じた。岳堂がまた、話柄を変えた。

「さて、今日は颯太のことで来たのだ。よしなに頼みたい」

岳堂が頭を下げると、庄三郎は颯太に顔を向けた。

「わたしは昔、薫の父、戸田秋谷様とともに暮らしたことでひととしての生き方を学んだ。秋谷様と違って、わたしにはそなたに教えるようなことは何もない。それでも、かような不出来な男になってはならぬと自分を戒《いまし》めるだけでも、何かを学んだ

ことになるやもしれぬ。ともあれ、縁あってわが家に参ったのだ。今後はわれらを身内と思って、何でも言ってくれ」

庄三郎の温かい言葉にふれて、颯太は涙ぐんだ。不意に亡くなった父母のことが思い出されて、胸が詰まったのだった。

「ありがとうございます」

颯太が声を詰まらせながら言うと、岳堂はゆっくり頭を振って、大きく吐息をついた。

「庄三郎、やはりおぬし、秋谷様に似てまいったな」

そんなことはあるまい、という庄三郎の言葉を打ち消すように、薫が思い入れを込めて深々とうなずいた。

五

真夜中——。

颯太は鶏《にわとり》の鳴き声で目が覚めた。

羽《はね》をばたつかせて騒いでいる。何だろうと思って雨戸《あまど》をそっと開けてみると、月光に照らされて庄三郎が立っていた。

手に鉈《なた》をぶら下げてあたりを見回している。

「何事ですか」

颯太が雨戸の隙間《すきま》から声をかけると、庄三郎は振り向きもせずに、

「鼬《いたち》だ。鶏を一羽やられた」

と無念そうに言った。

颯太は雨戸を開けて庭に下りた。見ると庭の隅《すみ》にあった鶏小屋が破られ、白い鶏の羽根が散乱している。

檀野家では五羽の鶏を飼っていると、颯太は昨夜のうちに聞いていた。どうやら、そのうちの一羽が鼬にやられたらしい。

「旦那様――」

薫も起き出してきて、寝間着姿で縁側から声をかけた。庄三郎は振り向いて、

「鼬にやられた。桃がかわいがっていた鶏だ」

「桃が悲しみます」

薫がため息まじりに言うと、庄三郎は、うーむとうなって、

――鼬め

と吐き捨てるように言った。そして颯太に向かって、

「明日は早い。もう寝なさい」

と言った。

「明日の朝、何があるのですか」

颯太が訊くと、庄三郎は当然のように答えた。

「畑仕事だ。百姓は暗いうちから働くぞ。われらも負けるわけにはいかん」

「畑仕事ですか」

颯太が気が進まぬように言うと、

「畑仕事は体が丈夫になるし、余計なことを考えずにすむ。何よりのことだ」

と庄三郎は答えて、鶏小屋を修理した。そして足の泥を払うと、縁側に上がり、鼬を警戒するように庭に鋭い一瞥《いちべつ》をくれた。

颯太は部屋に戻り、少しでも寝ておこうと布団《ふとん》に潜り込んだ。眠りに落ちた時、夜空を走る鼬の夢を見た。

翌朝、まだ暗いうちに、庄三郎は颯太を起こした。

颯太は眠い目をこすりつつ起きると、用意されていた野良着に着替えた。寝ぼけ声

で、

「朝餉《あさげ》はどちらでいただくのでしょうか」

と訊くと、庄三郎は不機嫌そうに答えた。いまだに鼬に鶏を奪われたことが悔しいのだろうか。

「朝餉は仕事の後だ。百姓は皆、ひと働きしてからでなければ朝餉などとらぬ」

庄三郎に言われて、颯太は吐息をつきながら板敷の上がり框に座って草鞋《わらじ》を履《は》いた。

鍬と鋤《すき》を担《かつ》いだ庄三郎は黙って家を出ると、小さな山道を登り始めた。

外はまだ暗いうえに、霧が出ていた。

森沿いの道をたどるうち、空が白《しら》み始めた。清爽《せいそう》な空気を吸うと、しだいに体の中がきれいになっていく気がした。

少し小高いあたりに出ると、ようやく日が昇ってきた。山肌を白い霧が這《は》っている。霧の間からは、濃緑の峰々がのぞいていた。

「今日も好天のようだ。ありがたし」

庄三郎は朝日に向かって手を合わせて拝《おが》んだ。颯太もあわてて真似《まね》をした。顔を上げると、庄三郎は鋭い音を立てて柏手《かしわで》を打った。颯太はこれにも倣《なら》ったが、弱々しい音しか出なかった。

　感謝の祈りを終えると、庄三郎に言われて颯太は鍬を握った。しかし、江戸育ちで畑仕事などしたことがない颯太は腰が定まらず、鍬がふらついた。その様を見て庄三郎は、

「どうしたどうした」

　と声をかけていたが、不意に押し黙った。

　と、鋤を片手に颯太に近づいてくる。その様子を見て、颯太は何か叱《しか》られるのだろうかと怯《おび》えた。

　だが、次の瞬間、庄三郎は跳躍するとともに鋤を颯太のそばの地面に打ちつけた。颯太がびくりとして立ちすくむと、庄三郎はそばにやってきて、地面から細長い紐《ひも》のような物を拾い上げた。

　鋤で頭を断たれた蛇だった。全体的には黒褐色《こつかつしょく》の鱗《うろこ》で覆《おお》われているが、ところどころ赤い部分がある。

「ヤマカガシだ。毒があるゆえ、嚙《か》まれると後が大変だ」

　庄三郎はつぶやくように言うと、頭を断たれたにもかかわらず、まだにゅるにゅると動いている蛇を畑の向こうの茂みに放り捨てた。さらに鋤で断ち切った頭も拾って

同じように放った。

「蛇は焼いて食べるとそれなりにうまいのだが、薫が嫌がるので持って帰るわけにはいかんのだ」

庄三郎は笑って言った。颯太は真剣な表情で訊いた。

「このあたりには毒蛇が多いのですか」

「いや、たまにいるぐらいだな。毒を持つものは、城下の方がよほど多いのではないか。いや、江戸の方がもっと多かろう。毒を持ったひとという生き物が、だがな。それに比べれば、ヤマカガシなどかわいいものだ」

「でも、ひとはいきなり嚙みついたりはしません」

颯太は頭を振って言った。

「それは、颯太殿がまだひとの毒を知らぬからだ。何事もなく過ごしているつもりでも、気づいたらひとが放つ言葉の毒が体中に回っていたりすることもある」

庄三郎に言われて、江戸の小姓仲間から、

——泣き虫颯太
と散々にからかわれていたことを思い出した。

聞き流していたつもりだが、言われるたびに、自分は弱いのだと思って萎縮《いしゅく》した。

あれが、ひとの毒が体に回るということなのだろうか。

庄三郎は転がっていた鋤を手にすると、先ほどまでいた場所に戻って再び畑を耕《たがや》し始めた。颯太も蛇がいないかとあたりをこわごわ見回しながら、なんとか鍬を振った。

半刻《はんとき》ほど耕した後、庄三郎と颯太は家に帰った。すでに朝餉の支度ができており、味噌汁のいい匂《にお》いがしていた。

板敷には四人分の膳が並んでいる。薫が鍋から味噌汁をよそってくれた。他には芋《いも》の煮ころがしだけだが、庄三郎の膳を見ると産みたてらしい卵がひとつのっている。

なぜ庄三郎の膳にだけ卵があるのだろう、と颯太が見つめていると、

「昨夜の融騒ぎで、今朝はひとつしか卵がなかったようだ。ひとつだけの時は、わたしが食するというのがわが家の吉例《きちれい》でな」

と言いながら、庄三郎は飯茶碗を手にした。

「吉例でございますか」

颯太が首をかしげて言うと、庄三郎は笑った。

「もっと働けという女房殿の催促だと思ってもらえばよい」

薫が颯太の茶碗にご飯をよそいながら、

「催促などはいたしておりませんよ。黙っていても、旦那様はよく働いてくださいますから」

とすました顔で言った。

だそうだ、と庄三郎が楽しげにつぶやいた時、台所の入口から、

「春《はる》でございます」

と女の声が聞こえてきた。

「まあ、お春坊ですよ——」

薫が嬉しげに腰を浮かした。

見ると土間に、大根をたくさん入れた籠《かご》を背負った二十三、四歳に見える女が入ってきた。百姓の女らしく、籠には草刈り鎌《がま》も入れてある。

女の後ろには、颯太より年下に見える三人の少年たちがくっついてきていた。

「お春坊、どうしたの」

薫が言うと、女は苦笑した。

「もう、坊っていう年じゃありません」

「そうなの。でも、わたくしたちにとっては、いつまでたっても源吉《げんきち》さんの妹のお春坊ですよ」

笑いながら言う薫に、お春は少年たちを指さして、

「このひとたちがまた字を習いたいっていうものですから、連れてきました」

と言った。庄三郎は顔をしかめた。

「なんだ、寅吉《とらきち》と権助《ごんすけ》に三太《さんた》ではないか。おぬしたちは漢字は難しくて覚えられないといって来なくなったくせに、性懲《しょうこ》りもなく顔を出したのか」

三人は土間に土下座した。

「すみません。やっぱり字を覚えたいちゃ」

庄三郎は、ふんと笑った。

「まあいい。昨日からこの家にも、おぬしたちと同じような者が増えた。まとめて教えてやろう」

と言った。颯太は目を丸くした。

「字なら知っておりますが」

と言うと、庄三郎はにやりと笑った。

「そなたは〈泣き虫颯太〉と呼ばれておったそうだな。そなたに教えるのは剣だ」

〈泣き虫颯太〉という仇名を聞いて、三人の少年はくすくすと笑った。颯太は赤くなりながらも、お願いします、と言った。

翌日から、颯太は庄三郎から剣の稽古《けいこ》をつけられた。

朝の畑仕事を終えて、朝餉の膳につくまでのわずかな間だったが、庄三郎は厳しい稽古をつけた。

颯太が木刀を手に向かっていくと、庄三郎は容赦《ようしゃ》なく打ち据えたうえに、投げ飛ばした。

颯太は畑に転がり、泥だらけになった。いままでこれほど厳しい稽古をしたことがなかっただけに、すぐに音《ね》を上げた。

「とてもわたしには無理でございます」

颯太が目に涙をためて言うと、庄三郎は笑った。

「そんなことが言える間は、まだ余力があるのだ。まことに無理なら口も利けず、立ちあがることもできぬ」

そう言われた颯太は、今度は倒れたまま起きあがらなかった。そうすれば勘弁してもらえるかと思ったが、庄三郎は近づいてくるなり、いきなり脇腹を蹴《け》った。あまりの痛さに颯太は跳びあがった。

「まだまだ元気があるではないか」

庄三郎は平然と言った。颯太は脇腹を押さえて、

「本当に無理なのです。それに、どれだけ稽古しても、わたしには役に立ちません。〈泣き虫颯太〉ですから、いざという時刀を抜けたとしても、震えあがって技など使えないと思います」

と恨めしげに言った。

「そなたは若殿を、命がけで守るのではなかったのか」

そう言われた颯太ははっとして、歯を食いしばった。それを見て、

「そなたが臆病なのは、いろいろなことを想像してしまうからだ。剣の要諦《ようてい》は何も考えず、無になることだ。稽古して、剣の動きを体に染み込ませろ。そして何も考えるな。ただ風を感じて、吹き寄せる風に向かって剣を振るうのだ」

そう教えると、庄三郎は、まあ今朝はここまでにしておくか、と言って颯太をうながし、家に戻った。

朝餉をとった後、庄三郎は薬草園の見回りにいった。庄三郎は颯太を畑には連れていくものの、

――お役目である
として、薬草園には連れていかなかった。しかたなく颯太は薫の家事を手伝った

り、庄三郎の蔵書を読むなどして日中を過ごしていた。

ある日、昼下がりに寅吉と権助、三太がやってきた。お春に引き合わされたものの、あの日以来、特に話もせず、交わってはいなかった。三人とも昼間は家の農事を手伝っており、いつもは夜、庄三郎のもとに字を習いにやってきていた。

この日は三人で申し合わせてやってきたようだ。三人は勝手口から顔をのぞかせて、颯太を呼び出した。

颯太は嫌な予感がした。

江戸でもこのように小姓仲間に呼び出される時は、ろくなことがなかった。なぐられたり、嘲られたり、からかわれるなど、何事か小姓たちに面白くないことがあった時に腹いせをされるのだ。

だが、寅吉たちは百姓の子だ。武士の子で、年長でもある自分に乱暴はしないだろうと思いつつも、颯太は恐る恐るついていった。

三人は颯太を草原に連れていった。颯太は虚勢を張って、

「何の用だ」

と言った。

すると寅吉が怖い顔をした。

「おまえは虫が好かないっちゃ」

「なんだと」

　颯太は言い返しながらも、足が震えるのを感じた。権助と三太は不気味に押し黙っている。寅吉はゆっくりと口を開いた。

「俺たちが檀野様から字を教わっている時、おまえはそばで俺たちを馬鹿にしているちゃ」

「馬鹿になどしていない」

　颯太は懸命に言った。だが、寅吉は重々しく頭を横に振った。

「いや、そんな字は知っている、という自慢そうな顔をしちょる」

「わたしは藩校に行っていた。知っているのはしかたがないだろう」

　颯太は声が震えないように気をつけて言った。

「それが自慢ちゃ。お侍の子のおまえが藩校で字を教えてもらうのは当たり前ちゃ。俺たちは檀野様が教えてくださるから、自分たちで学びにきちょる。俺たちの方が偉いちゃ」

　言われて、颯太は考えた。寅吉の言うことはもっともに思えた。昼間家の仕事をしながら、夜学びにきている三人には、もっと敬意を払うべきだったと素直に思った。

「わかった。確かにわたしには思いあがったところがあったかもしれない。気に障《さわ》ったのなら謝る。許してくれ」

颯太は頭を下げた。寅吉と権助、三太は、顔を見合わせてうなずき合った。

寅吉は鷹揚《おうよう》に言った。

「わかったのなら、それでいいちゃ。でも、一発なぐらせろ。それで許してやるちゃ」

寅吉は拳《こぶし》をにぎって颯太に突き出した。颯太は頭を横に振った。

「いやだ」

思いがけず、言葉がはっきりと出た。なぜか足の震えも止まっていた。

「なんだと。謝ると言ったのは嘘《うそ》なんか」

「嘘じゃない。だけど、なぐらせたら、喧嘩《けんか》するのが怖くて謝ったことになる気がする。それはいやだ」

「やっぱりおまえは虫が好かないっちゃ」

寅吉はいきなりなぐりかかった。その時颯太は風を感じて、その風に向かって剣を振るえと庄三郎から言われたことを思い出した。身を沈めて寅吉の拳をかわすと、そのまま寅吉のあごに頭突きをした。

うわっ、と悲鳴を上げて寅吉がひっくり返った。

「こいつ」

「やっつけるっちゃ」

権助と三太が飛びかかってきた。颯太はふたりからなぐられ、倒れながらも権助の足にしがみついて引きずり倒した。倒れた権助に馬乗りになって顔をなぐった。起きあがった寅吉と三太が引き離そうとするが、颯太は権助の顔をなぐり続けた。颯太の顔はなぐられた際に鼻血が出て真っ赤だった。寅吉と三太は颯太にしがみついて押し倒した。四人はくんずほぐれつして地面を転げまわった。その時、

「もうそれぐらいにしておけ」

庄三郎の声がした。四人がはっとして顔を上げると、傍らに庄三郎が立っていた。

「薫からおまえたちが喧嘩をしそうだと聞いて、追いかけてきたのだ。なんだ、ひどい顔をしているな」

庄三郎は四人の血だらけの顔を見て笑った。そして、

「もう喧嘩はやめてついてこい」

と言った。颯太たちは立ちあがって、庄三郎の跡を追った。

庄三郎は野原を歩きながら、

「喧嘩もたまにはいいが、根に持つのは馬鹿馬鹿しい。なぐり合ったら、あとは忘れて友になれ」

と言った。

そう言うと、庄三郎は草をとって草笛を吹いて見せた。寅吉たちもそれを真似るように草をとって、草笛を吹いた。庄三郎は颯太に吹き方を教えた。口に草をあて、言われた通りに思いきり息を吹くと、

ぷーっ

という音がした。寅吉たちが、下手くそっちゃ、と笑った。颯太がむきになって何度も吹いていると、やがて、

ぴぃ――っ

という甲高い音が出た。寅吉がもったいぶって、

「やっとできるようになったちゃ」

と言った。颯太が、うむ、とうなずくと、寅吉たちは声を上げて笑った。つられて颯太も笑っていた。

「草笛は、野に出て友を呼ぶ笛だと言うぞ。草笛の音が聞こえたら、友が呼んでいるゆえ駆けつけるのだ」

庄三郎は颯太と三人の少年に言い聞かせた。颯太は、初めて相原村に連れてこられた日に、岳堂が庄三郎と同じことを言っていたことを思い出していた。

颯太はまた、草笛を吹いた。澄んだ音が気持よかった。

今日、寅吉たちと友達になれたのかもしれない、と颯太は思った。

六

一年ほどが過ぎた。

颯太は十四歳になっていた。

この年の春、羽根藩では大きな変動があった。藩の目論見《もくろみ》では、今年中に吉房が隠居し、鍋千代を後継とするべく家督願を幕府に提出し、許可を得るはずであった。ところが、藩主吉房が急逝《きゅうせい》し、世子の鍋千代が十四歳にして慌ただしく元服し、家督を継いで新藩主となったのだ。

名も吉通《よしみち》と改めた。

吉通は国入りすると、すぐに颯太を小姓として召し出した。

庄三郎の家にやってきた岳堂からその報せを聞いた時、

「では、わたしは城下に戻らねばならないのでしょうか」

と颯太は訊いた。藩主になった鍋千代に再び召し出されたことは嬉しかったが、寅吉たちと仲良くなっていただけに、ついそう口にしてしまったのだ。

「いや、いささか遠いがそなたが苦にならぬのなら、ここから出仕してもよいそうだ」

岳堂は、自身も腑に落ちぬ様子で答えた。

庄三郎は片方の眉を上げて訊いた。

「小姓といえば奥勤めだぞ。そんな気ままが許されるのか」

「それがな、殿がそのままでよいとの仰せらしい」

岳堂が答えると、庄三郎は腕を組んだ。

「ほう、何をお考えなのか。変わったお方だな」

「まあ、殿がお許しになっておられるのだ。それでよいではないか」

岳堂は笑いながらあっさりと言ったものの、初の登城の際にはさすがに薬草園からというわけにはいかず、いったん岳堂の屋敷に戻ることになった。

佳代に手伝ってもらって、颯太はひさしぶりに裃を着て、初めて登城した。

颯太が吉通の前に出ると、

「そなたも少しは背が伸びたようだな。わたしもこの一年で、随分と体が大きゅうなったぞ。しかしな、そのせいでもあるまいが、城は窮屈だぞ」

と久方ぶりの再会を懐かしがるでもなく、吉通は愚痴をこぼした。颯太が答えようを見つけられずにいると、吉通は、

「わたしは野《の》駆《が》けに出たい」

と言った。

「野駆け、でございますか」

「そうだ。堅苦しくなく、領民の若い者たちとも話をしてみたい。そなた、何とかいたせ」

矢継ぎ早に言われて、颯太は当惑した。

「わたしはいま薬草園の番小屋で暮らしております」

「聞いておる。城下の屋敷には戻らぬでもよいと伝えたはずだ」

と言いながら、吉通はうなずいた。

「薬草園の近くの百姓の子とは友になりました。領民の若い者たちというのは、その者たちでもよいのでしょうか」

颯太がかしこまって言うと、吉通は鼻で嗤《わら》った。

「相変わらず察しの悪い奴だな。そなたが城下外れの薬草園の番小屋にいると聞いたゆえ、領民の知り合いもできただろうと思って、そのままでよいと伝えたのだ」

「そうだったのですか」

颯太は呆然とした。

「そうだったのですか、ではない。そなたと友になるような領民ならば安心ゆえ、会ってみようと思ったのだ」

颯太は何を感じたか、じろりと吉通を見た。

「そなたの友なら間抜けに決まっておるからな」

「やはり、そのようなことを――」

颯太はむっとした。

「怒るな。間抜けは言い過ぎだろうが、ともかく悪知恵などは働かさぬ者たちであろう」

「まあ、それはそうですが」

颯太は寅吉たちの顔を思い浮かべながら答えた。三人とものんびりしていて、およそ嘘など言えない連中だ。

(間抜けと言えば、そう言えなくもないな)

颯太は自分のことは棚《たな》に上げて、そう思った。

「どうだ。野駆けのおり、その者たちに会う算段がつけられるか」

「わかりました。わたしも小姓に戻りましたからには、さようなこともいたさねばなりませぬな」

吉通は呆《あき》れたように頭を振った。

「そもそも、そこが間違っておる。そのような者たちに会うために、そなたを小姓に戻したのだ。そのことを心しておけ」

吉通はさらに声を低めて話を続けた。

「これは遊びではないぞ。家中にはわたしが藩主になったことを快《こころよ》く思わず、取って換《か》えようと企《たくら》む者たちもいるのだ。領内のことをよく知らねば、わたしは藩主の座が危ないだけではすまぬのだ」

吉通は、かつて見せたことのない深刻な表情になった。

颯太は、そんな時がまいりましたらわたしがお守りいたします、と言いそうになったが、庄三郎から、たったいまできぬことは口にするな、と言われたことを思い出して口をつぐんだ。

吉通はそんな颯太を、相変わらず頼りにならぬ奴だという目で見ていた。


下城の刻限になって、颯太が大廊下を玄関に向かって歩いていると、向こうからしなやかな体つきの武士がやってきた。

怜悧《れいり》そうな男は戸田順右衛門だった。颯太は頭を下げて順右衛門を通しながら、このひとは自分のことを覚えていないだろう、と思った。

すると、順右衛門は颯太の心の声が聞こえたかのように立ち止まって、振り向いた。

「そなた、赤座颯太であったな」

底響きのする声で順右衛門は言った。颯太は頭を下げて、

「このほどお召し出しに与《あずか》りました、小姓の赤座颯太でございます」

と答えた。

「わたしは戸田順右衛門だ。一度会《お》うたことがあるが、覚えておるか」

と順右衛門は言った。

鴫という仇名を聞いたときは、もっと猛々《たけだけ》しく狷介な人物を想像していた。だが、羽根に来たばかりの頃、藩校で会った時には穏やかに見えたし、その後檀野庄三郎に会い、順右衛門の姉の薫に接したあとには、噂とは違うかもしれないと思うようになっていた。

「はい、覚えております。わたしはいま、檀野庄三郎様にご厄介《やっかい》になっております」

庄三郎の名を出せば順右衛門が親しみを覚えてくれるかもしれない、と思って颯太は庄三郎の名を口にした。だが、順右衛門の表情は変わらない。それどころか、

「そうらしいな。水上岳堂様も余計なことをなされることよ」

順右衛門は素《そ》っ気《け》なくそう言うと、颯太に厳しい目を向けて、

「殿がそなたのことを是非にと望まれるゆえ、小姓として召し出した。懈怠《けたい》があってはならぬぞ」

と言った。いかにも鴫と呼ばれるにふさわしい厳しさだった。

颯太は震えを覚えながらも、

「わたしは赤座一族でございます。それでもよろしいのでしょうか」

と訊いた。

順右衛門は厳しい表情のまま、

「さようなことは知らぬ。そなたが為さねばならぬことを為せるよう、日々努めよ」

とだけ言い捨てるように口にした。

颯太はすくみあがった。


この日の夜、庄三郎は順右衛門の屋敷を訪れた。庄三郎が順右衛門の屋敷を訪れたのは、十年ぶりのことであった。

順右衛門は迷惑そうに眉をひそめて庄三郎の前に出てきた。

「ご無沙汰《ぶさた》いたしております」

順右衛門が義弟としての挨拶をすると、庄三郎は首をかしげた。

「随分と痩せたのではないか」

「さようなことはございません。食は進んでおりますゆえ」

順右衛門は、はねつけるように言った。

「それならばよいが。無理をせずに、たまには城下を離れて薬草園にでも顔を出したらどうだ」

「御用繁多でございますから」

順右衛門は硬い表情で言った。

「そのように自分を縛《しば》るのが、おぬしの悪いところだ。年少のころから変わらぬな」

順右衛門は目を逸らした。

「義兄上《あにうえ》、昔話をしてもいたしかたございますまい。ご用件を承《うけたまわ》りとうござる」

庄三郎はじっと順右衛門を見つめて、そうか、とつぶやいた。そして形を改めると、

「赤座颯太を殿のおそばに仕えさせたのはどういうわけだ」

と訊いた。

「殿が望まれたのです」

「それだけではあるまい。おぬしのことゆえ、月の輪様を罠《わな》にかけるために使うつもりではないのか」

庄三郎は決めつけた。月の輪様とは、瓦岳《かわらだけ》の麓《ふもと》、月の輪村に屋敷を持つ藩主一門の三浦左近《みうらさこん》のことだ。

浮月《ふげつ》と号しているが、家中ではもっぱら、

——月の輪様
と呼ばれている。

左近は前藩主の吉房が重篤《じゆうとく》な病になると、吉通が若年であるがために廃嫡《はいちやく》して、自らが藩主になれるよう幕閣にも働きかけていたという噂があった。勘定奉行の原市之進や赤座一族がこの動きに同調しており、情勢は予断を許さないとも言われていた。

「義兄上、罠など仕掛けはいたしませんが、月の輪様とはいずれ決着をつけねばならぬと考えております」

「そのことを、中根兵右衛門様から託されたのだな」

「それは――」

順右衛門は黙った。

「仮にも御一門衆を倒せば、家中として腹を切らねばなるまい」

「そのことをおわかりなら、とやかく言わずに放っておいていただきたい」

順右衛門は苦い顔になった。

「そなたは自分ひとりで始末をつけるつもりだろうが、そうはいかぬぞ」

「なぜでございますか」

「たとえば、赤座颯太だ。あの者は殿に忠義を尽くすつもりでいる。家中の争いに巻き込まれれば、一族を裏切ることになろう」

庄三郎が言うと、順右衛門は薄く笑った。

「義兄上らしくもない。正義を貫くためにはおのれの身を捨てねばなりません。そのおりに、周りの者への憐憫《れんびん》の情も捨てねばなりますまい。さようなことは、かつての義兄上ならよくおわかりだったはずです。義兄上は変わられましたな」

「変わったのはおぬしも同じだ。かつての戸田郁太郎は、友への情に殉《じゅん》じようとしたではないか」

庄三郎は哀《かな》しげに言った。

「それでは何もできぬと思い知ったのです。この道はひとりで行くしかありません」

順右衛門はきっぱりと言った。

「それゆえ、再婚せぬのか。それともお春への未練があるからか」

「お春のことは申されますな」

順右衛門は暗い顔で言った。

「いや、お春はおぬしの友、源吉の妹ではないか。お春を守ることをおぬしは源吉に誓ったはずだ。それを忘れたのか」

順右衛門は唇を噛んだ。

「わたしは這いあがるために、重臣の娘を娶りました。一度、お春を裏切ったのです。いまさら何もできませぬ」

「何を言う。一度や二度の間違いが何だ。ひとは何度でもやり直すことができる。それが亡き義父上の教えではなかったのか」

庄三郎は語気鋭く順右衛門に詰め寄った。

夜が更《ふ》けていく。

七

お春はこの日もまだ日が昇らぬうちに家を出て、歌を口ずさみながら畑仕事に精を出していた。

暗い道を歩き、田畑に出るときは、杖代わりにした棒で草を払いながら、歌を口にした。草陰にひそむヤマカガシなどの毒蛇や藪《やぶ》にひそむ獣を追い払い、寄せつけないためだ。

あんこ面《つら》見よ
目は猿まなこ

口は鰐口《わにぐち》
閻魔《えんま》顔

自分が口ずさむ歌に、お春はくすくすと笑った。

夕刻になると子守りに雇《やと》われた娘たちが鎮守《ちんじゅ》の境内《けいだい》などに集まって、たがいを罵《ののし》る喧嘩歌だった。子守り娘たちは二組に分かれて相手側の顔の悪口を言い合い、言葉に詰まった方が負けになる。

幼いころ、お春も兄源吉の背中でよく聞いた。源吉は男の子なのに、お春の子守りをしているときは子守り娘たちと仲良く遊んでいたからだ。

そんな源吉を、村の男の子たちは馬鹿にして悪口を言った。だが、源吉はいっこうに平気で、

「おまえらも一緒に遊べばええちゃ」

とのんびりした声で言い、喧嘩歌を歌い続けた。

(兄ちゃんは偉かったな)

草刈り鎌を振るいながら、お春は兄を思い出し、今度は涙ぐみそうになった。

十七年前、源吉は、向山村に幽閉中だった戸田順右衛門の父、秋谷を陥《おとしい》れようと

する藩の役人たちにあらぬ疑いをかけられ、〈牢問《ろうど》い〉によって殺された。だが、源吉は、ひと言も秋谷の不利になることをしゃべらなかった上、自分が死ぬことで、お春を悲しませまいと、拷問《ごうもん》の苦痛に屈せず笑顔を残して死んでいった。

お春は空を見上げた。

朝焼けに赤く染まっていた空がしだいに菫色《すみれいろ》に変わっていく。たなびく雲は朝日を浴びて、金色に照り映《は》える。

山間《やまあい》から顔を出したお日様に向かって、お春は手を合わせた。

毎日のことだけに、何を祈るというほどのこともないが、母親と、そして心ひそかに戸田順右衛門が健《すこ》やかであることを願った。

日が昇るにつれ、額から頰《ほお》にかけてが温かくなる。お春には、それが兄の源吉や順右衛門、いや昔のままの郁太郎の息吹《いぶき》のように感じられる。

いま、お春は野良仕事をして母を養っているが、女ひとりの働きではどうなるものでもない。庄屋の屋敷に手伝いに出たり、源吉を知る村の者たちからの助けで何とか暮らしているが、些細《ささい》なつまずきでもあれば、とたんに行き詰まるのは目に見えていた。

村の年寄りはしきりに縁組の話を持ち込むが、お春はこれまでずっと断ってきた。

はっきりとしたわけというほどのものはない。ただ、幼いころ、郁太郎から、兄の源吉に代わって守ってやると言われたことが心に残っていた。

郁太郎にとって、源吉はかけがえのない友だった。だからあの時、郁太郎の気持に嘘はなかっただろう。

しかし、元服し、順右衛門と名を改めて出仕した郁太郎には、すぐに藩の重臣から縁談が持ち込まれた。もともと身分が違うのだから、順右衛門の妻になることなどできはしないとわかっていた。

それでも驚いてしまったのは、なぜなのか。兄が生きていてくれたら、と思った。順右衛門は、決して源吉を裏切るようなことをしない。

兄が生きていたら——。

ある夜、ほとほとと戸を叩《たた》く音がして、開けてみると順右衛門が立っていて、

「お春、迎えにきたぞ。そなたはわたしの嫁になるのだ」

といきなり言う。すると、囲炉裏端で居眠りをしていた源吉が起き出して、

「それはまた、急な話っちゃ」

と相変わらず呑気《のんき》な様子で答える。兄は順右衛門が来ることを知っていたに違いないとわかって、泣きながら文句を言うと、

「勘弁しろっちゃ。これで全部うまくいくっちゃ」

源吉が笑う。

そんな夢を何度見たことか、とお春は思う。

だが、実際に順右衛門がお春を迎えにくることはなかった。

いや、一度だけ、順右衛門は不意に訪ねてきて、仏壇の前で兄の位牌《いはい》に手を合わせた。そして、お春を誘って近くの山道まで出ると、遠く流れる川を眺めながら、

「わたしは行かなければならなくなった」

と言った。お春は、はい、とだけ答えた。順右衛門が別れを告げにきたのだとわかっていた。

それが順右衛門にとって辛《つら》いことであるのは、そばに立っているだけでわかった。いま順右衛門は、胸の中で泣いているのだろうと思った。だが、それはお春への涙ではない。生涯の友だった源吉への涙なのだ。

やがて順右衛門は振り向いて、

「お春坊――」

と呼びかけた。お春は笑って、

「もう、坊じゃありません」

と言った。兄は死の間際まで笑顔を忘れなかった。お春も、順右衛門には笑顔の自分を覚えていてもらいたかった。

順右衛門は山並みに目を遣りながら、

「わたしは、春とだけ呼ぶ日が来ると思っていた」

春と呼び捨てにするとは、どういうことだろう。それは妻として呼ぶつもりだったということだろうか。

そう思うと泣きそうになった。お春は涙を堪《こら》えて、

「それでしたら、いま、春と呼んでください」

順右衛門は驚いた顔で振り向いた。

「たったいまか」

「はい、そうです。一度だけでいいですから、いま呼んでください」

お春は涙を溜《た》めた目で順右衛門を見つめた。

順右衛門は戸惑った顔をしていたが、やがて覚悟を決めたかのように、

――春
とひと声、若々しい張りのある声で呼んでくれた。

お春は目を閉じて聞いた。しばらくして目を開けたとき、順右衛門の姿はなかっ

た。お春は山道を走って順右衛門を追った。すぐに山道を下りていく順右衛門の後ろ姿が見えた。

お春は両手を口に添えて、

「郁太郎様――」

と呼びかけた。兄の友であった郁太郎に戻ってきてほしかった。兄や郁太郎とともに笑って過ごした日々に戻りたかった。

あの日、別れて以来、順右衛門とは会っていない。順調に出世しているらしいことは聞いていたが、

――鵙

という仇名がつけられたと知ったときには、悲しい思いがした。

(そんな方ではないのに――)

お春が知っている順右衛門は、明朗快活で真《ま》っ直《す》ぐな人柄だった。生真面目《きまじめ》に過ぎるところはあったが、ひとの情がわかり、思いやりも深かった。

そんな順右衛門を鵙と呼ぶなど、お侍というのは何というひどいひとたちなのだろう、とお春は腹が立ってならなかった。しかし、そんな呼び方をされるのには、それだけのわけがあるのかもしれない。

順右衛門は、父である秋谷が切腹したことをいまも背に負《お》っている。源吉が役人に責め殺された時、郁太郎は怒りのあまり家老の屋敷に乗り込んで、ひと太刀《たち》浴びせようとした。これを知った秋谷は、幽閉中の身でありながら城下の家老の屋敷に駆けつけ、郁太郎を取り戻した。

秋谷は無実の罪で切腹を命じられていたが、それが赦免《しゃめん》される見込みがあったにもかかわらず郁太郎のために禁を犯し、命を投げ出すことを厭《いと》わなかった。それ以来、父は自分のために死んだ、だから父に恥じない武士にならなければいけないと思い続けたに違いない。

（だから順右衛門様は、酷《むご》いほど自分に厳しくされるのだ）

わたしには何もできないが、もし順右衛門の心を少しでもやわらげることができたら、と思う。順右衛門は妻を亡くしたが、幼い美雪という娘がいるという。父と娘はどのように日々を送っているのかと、お春はせつなく思った。

お春が草刈りを終えるころには、日が昇っていた。

今日は、庄屋屋敷に手伝いにいかねばならない日だった。籠を背負い、急ぎ足で山道を下った。山道から村を通る大きな道に出たところで、馬蹄の響きを聞いた。

お春がはっとして振り向くと、立派な身なりをした武士が乗った馬を先頭に、騎馬が四頭近づいてくる。

お春はあわてて道の端に寄って土下座した。

通り過ぎようとした騎馬が、突然お春の前で止まった。急に止められた馬は不満そうに鼻息を荒らげて、棹立《さおだ》ちになった。

「どう、どう——」

白絹《しらぎぬ》の羽織に茶の袴をつけた二十代後半に見える武士が、馬をなだめながら馬上からお春に声をかけた。

「女、顔を上げよ」

お春は顔を少しだけ上げた。馬上の武士は含み笑いをして、

「それではよく見えぬ。もっと上げよ」

お春は言われるままにさらに上を向いた。すると武士は満足げに、

「鄙《ひな》にはまれな、だな」

と言った。武士の家来らしい騎馬の男たちが、どっと笑った。

「お館《やかた》様も物好きでございますな」

「ただの草刈り女でございますぞ」

「おたわむれもほどほどになされませ」

囃《はや》し立てるように言う。男たちが自分を侮《あなど》っているのだとわかって、お春は顔を伏せた。いつも武士に会ったらしているように、心を閉ざし、何も考えないようにした。

立派な身なりの武士は手綱を引き寄せながら、

「待て待て。わしの目に狂いはない。この女は肌を磨《みが》きあげ、絹物を着せれば、そのあたりの女子《おなご》では足元にもおよばぬ美しさを持っておるぞ」

と楽しげに言った。

からかわれているのだと思って、お春は唇を噛んだ。家来らしい武士のひとりが、

「されどお館様、たったいまからこの女に行水《ぎょうずい》させるわけにもまいりますまい。先を急ぎましょう」

とうながした。

立派な身なりの武士は、それでも未練があるらしくお春を見つめていたが、ようやく諦めたのか、

――参るぞ
と声を発して、馬に鞭《むち》を入れた。

どどっ、という馬蹄の響きとともに四頭の騎馬が土を撥《は》ね上げながら駆け去っていくと、お春はほっとした。

（どなたなのだろう、お役人のようには見えなかったけれど――）

お春は顔を上げたときに一瞬目にした、眉があがり、切れ長の目をしたととのった武士の顔を思い出した。わずかに見ただけだったが、それでもなぜか、怖いひとだ、とお春は思った。

怖い思いをしたせいで、遠回りになるが、そこからは普段通る道を避けて家に帰った。いったん家に戻ったお春は母親の朝食をととのえると、身支度をして庄屋の屋敷に向かった。行ってみると、すでに村の女たちが数人来ていて、台所仕事や大広間の拭《ふ》き掃除をしていた。

「お春さん、遅いっちゃ」

お春と同じ年頃で、徳松《とくまつ》という夫との間にふたりの幼子がいるお吉《きち》が笑いながら声をかけてきた。

「ごめんなさい。山から帰る途中でお侍さんの一団と行き合って、遠回りして遅くなってしまったの」

お春がわけを話すと、お吉は眉をひそめた。

「もしかして、馬に乗ったお侍だった？」

お春がうなずくと、お吉は声を低くした。

「それは、月の輪様だよ、きっと」

「月の輪様って？」

お春は首をかしげた。

「いやだ、お春さん、知らないっちゃか。今日のお客様なのに」

お春は村人との付き合いがあまりないだけに、武家の噂などもほとんど知らなかった。お吉はさらに小声で、月の輪様とは、瓦岳の麓、月の輪村に居館を構える藩主一門の三浦左近様のことだ、と教えた。左近は気位が高く、先代の藩主ですら気を遣《つか》ったほどで、ましてまだ少年ともいえる吉通公などは、月の輪様に遠慮しなければいけないほどだという。

「それに――」

お吉はあたりを見回してから、月の輪様は女好きで、城下の酔客の相手をする女がいる店にお忍びで出かけたり、道で出会った女を人目もはばからず屋敷に連れていき、二、三日相手をさせて飽《あ》きたら追い出すようなことをするらしい、と言い添えた。

「泣きをみた女も多いっちゃ。お春さんはきれいだから、用心せんといけんよ」

お吉に言われて、お春は、わたしなんか、と言いながら、先ほど行き合った左近が酷薄な人柄に見えたのは間違ってはいなかったのだ、と思った。


間もなく庄屋の甚兵衛《じんべえ》が台所に顔を出すと、

「今日は大事なお客様をおもてなしするんだ。皆、しっかり働いておくれ」

と声をかけた。

すでに左近たちは大広間に座っており、甚兵衛は女たちを急《せ》き立てるように料理の膳を運ばせた。お春も膳を運んで大広間に入った。

左近は上座に家来たちを従えて座っていた。左近の前にはすでに酒器がのった膳が置かれている。

左近は家来に酌《しやく》をされるまま杯《さかずき》を口に運んでいたが、大広間に入ってきたお春に目ざとく気づいた。

左近はにやりと笑うと、

「そこの女、酌をいたせ」

と甲高い声で言った。

お春は足が震えた。

八

颯太のお城勤めは、さほど変わったこともなく続いていた。

まだ夜が明けぬころ庄三郎の家を出て、城下に入り、さらに大手門の前に立ち、どん、どん、どん、と刻を報せる太鼓《たいこ》の音とともに城門が開かれると、早く登城した者たちとともにぞろぞろと門をくぐる。

そこから颯太は本丸《ほんまる》に入り、奥御殿の小姓の控えの間に向かう。年少の小姓だけに、途中すれ違う者たちに低頭して進まねばならない。

控えの間では、半刻ほど遅く入ってきた、小姓たちのまとめ役になった藤林平吾に挨拶する。吉通とともに羽根に入った平吾はすでに上役のつもりなのか、鷹揚にうなずいて見せる。すると傍らで、平吾を補佐しているつもりらしい、これもともに江戸から羽根に入った小林哲丸が、

「赤座、おぬしは今日、殿のお髪《ぐし》をととのえよ。もはや、御座所に参れ」

と言った。

お髪をととのえるとは、髷《まげ》を結い直すほか、月代《さかやき》や髭《ひげ》を剃《そ》る役目だ。不器用な颯太はあまりやりたくないが、お役目とあればしかたがなかった。

颯太が御座所に向かうために立ちあがろうとすると、平吾が声をかけてきた。

「赤座、今日、おぬしにお髪をあたらせるのは、殿の思《おぼ》し召しによるものだ。ひょっとして殿よりなんぞお話があるかもしれぬが、小姓の身分をわきまえて、よけいな話をいたしてはならぬぞ」

平吾は押し付けるような言い方をした。

「心得ております」

颯太は頭を下げてから控えの間を出た。

平吾と哲丸が何事かひそひそと話しているのが聞こえてきたが、颯太は気にしなかった。

吉通は、颯太が不器用なことなど百も承知している。それなのに髪をととのえる役を命じたのは、何か話があるからに決まっている。だが、平吾に言われるまでもなく、颯太は吉通の話は聞き流すつもりだった。

(どうせいつもの、野駆けに出たいというお話だろう)

　いくら吉通が望んでいるとは言っても、小姓に過ぎない自分に言われてもどうしようもない。吉通が野駆けに出るとなると、側役《そばやく》か用人《ようにん》、ひょっとしたら家老の裁量で決めなければならないことだ。

　今日も何を言われても、はあ、と生返事《なま》をするだけになるだろうと思った。

　だが、颯太が御座所で吉通の月代とさほど伸びていない髭を剃り、髷を梳《くしけず》って結い上げてからの話は、思ったのとは少し違っていた。

　吉通は、颯太が不器用に剃り上げた月代がひりひりするらしく、時々手を当てながら、

「颯太、そなた、檀野庄三郎なる者の家におるそうだな」

と言った。

「はい、さようでございます、と颯太が答えると吉通は、

「その者は、十七年前に切腹した戸田秋谷という者が書き記した、〈蜩《ひぐらし》ノ記〉なるものを秘蔵しているそうな。その〈蜩ノ記〉なるものが読みたい。そなた、持って参れ」

　と気軽な調子で言った。

　吉通がまた困ったことを言い出した、と颯太はうんざりした。

〈蜩ノ記〉がどのようなものなのかは知らないが、仮にも切腹した戸田秋谷が書き遺《のこ》したものを藩主に読ませてよいとは思えない。そんなことをすれば、上役や重臣からこっぴどく叱られるに決まっている。

そう思った時、ふと、そう言えば、

——鵙

と呼ばれて恐れられている戸田順右衛門が秋谷の実子だったはずだ、と思い出した。

秋谷の遺した〈蜩ノ記〉が、なぜ嫡男《ちゃくなん》の順右衛門ではなく、婿《むこ》にあたる庄三郎のもとにあるのかはわからないが、ひそかに吉通に見せて順右衛門が快く思うはずがなかった。

颯太は、いい口実を思いついたと思った。

「殿、鵙殿がお怒りになると存じますから、わたしにはできませぬ」

吉通はちょっと首をひねって、鵙だと、とつぶやいたが、すぐに大きくうなずいた。

「戸田順右衛門のことなら心配はいらん。〈蜩ノ記〉が檀野庄三郎のもとにあることは、戸田から聞いたのだ」

あっ、と颯太は驚いた。

「戸田様が、さようなことを」

「そうだ。わが藩には藩祖以来の歴史をたどった家譜というものがある。それはそれで貴《とうと》いが、いわば表立ってのものだけに、まことのことはわかりにくい。この家譜を編纂《へんさん》したのが戸田秋谷らしい。秋谷は家譜をまとめるにあたっての日々を、〈蜩ノ記〉として書き遺しておるそうな。それゆえ、ぜひ読んでみたいと思うたのだ」

吉通が言うと、颯太は、はあ、なるほど、と生返事をした。

父親が書き遺した〈蜩ノ記〉のことを、順右衛門がなぜ吉通に話したのかはわからない。家中に対立する者がいる順右衛門が、父親の功績を伝えて吉通に取り入ろうとしたのではないかとも思える。

そんな順右衛門の思惑にのって吉通に〈蜩ノ記〉を見せることは、家中の争いに巻き込まれることになる。

（それは嫌だな――）

颯太は膝《ひざ》を乗り出して、

「殿、ここは用心したほうがよいのではありませぬか。そもそも――」

颯太が言いかけると、吉通は手を振って制した。

「そなたの言いたいことはわかっておる。家中の派閥争いに関わるなというのだろう。しかし、そんなことを気にしている場合ではないのだ」

「殿――」

「そなたも月の輪殿のことぐらいは聞いておろう。何でも、学問も武術も達者で、しかも大名らしい気概《きがい》に満ちているという。一門衆の俊英だ。その者が、わたしが藩主となったことが不満でいろいろと画策しているらしい。そんな中で、わたしが藩主であるためには、ぜひとも手に入れなければならぬものがあるのだ」

吉通は颯太の目を見つめて言った。颯太は戸惑いながら、

「殿がぜひ手に入れなければならないものとは何でしょうか」

「決まっておろう。藩主としての自信だ」

「自信、ですか」

思いがけない言葉を聞いて、颯太は目を丸くした。吉通はうんざりしたように言葉を継いだ。

「そうだ。わたしは月の輪殿に比べて何もかも劣っているようだ。もし、わたしを藩主にふさわしくないと貶《おとし》めようとしたら、容易《たやす》いことに違いない。実際、月の輪殿に譲ったほうが、家中や領民のためにもよいのではないかとも考えた。しかし一方

で、月の輪殿には悪い噂も聞こえてくる。もしそれが真実なら、月の輪殿に譲ることはできぬ。さりとていまのわたしには、この羽根をよりよき国に導けるという確信が持てぬ。だから、わたしはわたしで、まずもって藩主としての確固たる自信を持たねばならぬのだ」

　颯太は首をかしげた。

「〈蜩ノ記〉を読めば、それがかないましょうか」

「それはわからぬが、聞けば戸田秋谷は濡れ衣《ぎぬ》を着せられ、汚名を負っても、おのれの生きる道を曲げなかったそうだ。わたしは、そのような秋谷の生き方にふれてみたいと思うのだ」

　むしろ淡々と吉通は言った。

　その言葉を聞いた颯太は、これはなしとげなければならぬことだと思った。

「わかりましてございます。何としても〈蜩ノ記〉を借りて参りましょう」

　颯太が手をつかえて言うと、吉通は頼むぞと言いながら、また月代をなでた。その様子を見て颯太は、

「申し訳ございませぬ。痛みますか」

と言った。

吉通は渋い顔になって答える。

「少しな——」

颯太はこの日、下城するとそのまま庄三郎の屋敷に戻った。出仕してからは、できる限り岳堂の屋敷に寄って、その日のことを報せてから帰途につくのだが、この日は吉通が〈蜩ノ記〉を読みたがっていることを一刻も早く伝えねばと思ったからだ。

庄三郎が喜ぶかどうかはわからないが、吉通に〈蜩ノ記〉を見せれば庄三郎にも出世の道が開けるのではないか、と思った。

いつまでも薬草園の番人をしていてもしかたがないではないか。庄三郎に正面からそんなことが言えるはずもないが、誠実で武士としての誇りを抱《いだ》いている庄三郎には、もっと日の当たる場所に出てもらいたい。そうすれば、妻の薫も娘の桃もきっと喜ぶはずだ、と颯太は思った。

それだけに急いで帰ったのだが、家の入口で、

——ただいま戻りました

と声をかけると、奥からひとの話し声が聞こえてきた。客ならば邪魔をしてはいけないと思い、そっと上がり框にあがると、板敷を通って自分の部屋に行った。その間

にも、
――月の輪様が
という言葉が洩れ聞こえた。さらに、
――それでは妾《めかけ》奉公ではないか
と庄三郎の声が憤《いきどお》りから高くなった。

この夜、庄三郎の家に来ていたのはお春だった。

庄屋屋敷での三浦左近の接待を手伝いにいってから三日後、お春は庄屋の甚兵衛に呼び出された。

あの日、膳を運び、さらに命じられるまま酌をしたお春を左近はいたく気に入ったらしい。

「それで、おまえを女中奉公に出させよとの仰せなのだ」

甚兵衛は煙管《キセル》で煙草《たばこ》を吸いながら言った。

「女中奉公ですか」

お春は息を呑んだ。

あの日、左近はお春に何度か酒を注《つ》がせたが、それ以上のことはなかった。

お春はほっとしたが、まさかすぐに女中奉公の話が来るとは思わなかった。

「それは、お受けしなければならないお話なのでしょうか」

お春は恐る恐る訊いた。

甚兵衛は煙管の灰を煙草盆の灰吹きに落として、

「無論そうだ、と言いたいところだが、向山村は月の輪様の所領ではない。いくら月の輪様が求められても、村の娘をすぐに差し出すというわけにはいかん。村役人を通じて藩のお許しを得て、ということになるだろう。とすれば、病を言い立てて奉公に出ないことももちろんできるだろう。しかしね——」

甚兵衛は煙管に煙草を詰めて火をつけると、再び吸い始めた。そしてため息まじりに、

「お春、おまえもいつまでも独り身でどうするのだ。村に独り者の女がいれば、いずれはまわりの男が騒いでもめ事が起きるのは目に見えている。それよりも、月の輪様のお屋敷に奉公に上がったらどうだね」

「ですが、女中奉公となれば、住み込みでございましょう。母親の面倒をみる者がいなくなってしまいます」

お春は頭を横に振った。

「それは心配ないのではないかね。おまえが女中奉公に出れば、ほかの女中さんたちよりたんとお給金もちょうだいできそうだよ。それに着るものや食べ物だって、贅沢《ぜいたく》をさせていただけるに違いない」

甚兵衛の言葉にお春は息を呑んだ。

「それでは、まるでお妾ではありませんか」

甚兵衛は驚いたようにお春の顔を見た。

「それはそうだよ。でなければ、なんでわたしが間に立ったりするものか。しかし、お妾といっても、ご側室のような身分になれるわけじゃない。女中部屋に寝起きして、お召しがあればご寝所《しんじょ》にうかがうというだけのことだよ」

お春は耳を覆いたい思いがしたが何も言えず、ただ、少しだけ考えさせてほしい、と言って庄屋屋敷を出てきた。

それが昨日のことだった。

お春は甚兵衛との話をすべて庄三郎に話した。傍らで薫も聞いていた。

「わたしは妾奉公に出たくはありません。ですが、庄屋さんの頼みを断ったら、向山村にはいられません。考えれば考えるほど、どうしたものかとわからなくなって」

お春がうつむいて言うと、庄三郎は、ううむ、とうなった。

代わって薫がお春に訊いた。

「では、お春さんは月の輪様のもとへは行きたくないのですね」

「はい、わたしはあの方が恐ろしいのです。女中奉公にあがれば、きっと恐ろしいことが起きるに違いないと思います」

お春はきっぱりと言った。庄三郎が大きくうなずいた。

「もっともだ。気に染まぬ話に応じることはない。どうしたらよいかいまはわからぬが、必ず力になるゆえ安心してくれ」

庄三郎の言葉に、お春はうつむいたまま涙ぐみながらうなずいた。その様を見て、庄三郎は思わず、

「順右衛門がしっかりしておれば、かようなことにはならなかったものを」

と嘆《なげ》いた。薫がちらりとお春の顔を見て、

「旦那様、そのことは――」

と制すると、庄三郎はあわてて口をつぐんだ。

お春はなにも言わず、うつむいたままだった。しかし、膝にぽつりと一滴、涙が落ちた。

九

颯太が庄三郎に〈蜩ノ記〉のことをようやく話せたのは、翌日の朝になってからだった。

畑仕事に出ようとしている庄三郎に吉通の意向を伝えると、

「そのような大事なことを、なぜ昨日のうちに言わぬのだ。〈蜩ノ記〉は亡き義父上の魂《たましい》が込められた日記だ。順右衛門は自らが所持しようとはせず、わたしに預けた。おそらく順右衛門は、政争の中を生きていくうえで父のことを忘れねばと思ったのだろう。それゆえ、あだやおろそかに扱うわけにはいかないのだ」

と叱られた。

昨夜はお春が来て話し込んでおり、夕餉の後も庄三郎はさっさと自分の部屋に籠《こ》もって寝てしまい、話す暇《ひま》がなかったと言いたかったが、颯太は黙って頭を下げた。

「申し訳ございません」

さらに、吉通が戸田順右衛門から〈蜩ノ記〉の話を聞いたと伝えると、庄三郎の目が光った。

「ほう、順右衛門がな」

野良着姿で土間に立った庄三郎はしばらく考えていたが、

「殿に〈蜩ノ記〉をお貸しすることはできぬ」

と言った。

殿から言われたことを断るのか、と颯太は驚いた。

「殿の思し召しでございますが」

懸命に言うと、庄三郎はうるさそうに答えた。

「殿の思し召しであろうがなんであろうが、できぬものはできぬ」

「なぜでございますか。わけをお聞かせください」

颯太は必死になって言った。

「わけか、わけはな――」

庄三郎は言いかけたが、急に面倒臭くなったように、

「もし殿が〈蜩ノ記〉をどうしてもお読みになりたければ、ここに来られればよい。その時には喜んでご覧いただく。お読みいただく間には茶もお出ししよう」

と言った。茶を出しても殿は喜ばないだろうと思いつつ、

「そこを何とかしていただけませんか」

と颯太は食い下がった。

——くどい
庄三郎はひと声言い捨てると、そのまま鍬を担いで出ていってしまった。

颯太が途方に暮れていると、ふたりの話を聞いていたらしい薫が台所から出てきて微笑みながら、

「旦那様には何かお考えがおありのようです。お城に上がる前に水上様に相談されてはいかがです。いいお知恵を授けてくださるかもしれませんよ」

と言った。

「そうですね。伯父上ならば、なにかよいお考えがあるかもしれませんね」

ほっとした颯太は朝餉もそこそこに家を飛び出すと、城下の岳堂の屋敷へと向かった。

ようやく空が白み始めていた。

岳堂の屋敷に着いた颯太は居間に上がり、せっかく吉通が〈蜩ノ記〉を読みたいと言い出したのに、庄三郎が貸さないと断ったことを告げた。

「檀野様がどういうお方なのかわからなくなりました。主君の命《めい》とあれば、それに応《こた》

えるのが家臣たる者の道ではありませんか」

颯太が言い募《つの》ると、岳堂は笑った。

「あの男は家臣らしい道を嫌う男だ。わが道を行って、それが忠義の道にはずれていないことをよしとする男だからな」

「そうなのかもしれませんが、この話はもともと戸田順右衛門様が殿に〈蜩ノ記〉の話をされたことから始まっているのです。もし、檀野様が断られたということになると、戸田様にもご迷惑がかかるのではないでしょうか」

颯太が言い募るのを岳堂は黙って聞いていた。そしてあごをなでながら、

「そうだな。庄三郎がそのことに気づかぬはずはない。いや、庄三郎のことだから、戸田殿が何を考えているかも汲み取ったはずだ」

とつぶやいた。

颯太は勢い込んで話を継いだ。

「そうなのです。それなのに、〈蜩ノ記〉を読みたければ、檀野様の家に足を運ばれるよう殿に申し上げよと言われるのです。まったく無茶です」

「家まで来られたし、か――」

なおも考え込んでいた岳堂は、不意にからりと笑った。

「なるほど。庄三郎め、考えたな――」

岳堂が何に思い当たったのかわからず、颯太は大きく吐息をついた。岳堂はそんな颯太にかまわずに、

「殿には、庄三郎から聞いたままをお伝えするがよい。あとは、殿がどのようにお考えになるかだ」

と言った。颯太は頭を抱える思いだった。

「お考えになる前に、腹を立てられると思います」

「そうかもしれんが、何事もやってみなければわからぬぞ」

半ば突き放すように言われて、颯太は挨拶して立ちあがると玄関に向かった。

玄関に出てさらに外へ行こうとしたとき、

――颯太さん
と女の声がした。見ると佳代が、重箱を手に門のところに立っていた。おそらく岳堂のために朝食を作ってきたのだろう。

颯太が頭を下げて挨拶すると、

「いまからお城でございますか」

と佳代はにこやかに言った。颯太は憤然として、

「さようです。殿から御用を言い付かったのですが、檀野様が言うことを聞いてくださいません。それで伯父上におうかがいしたら、檀野様の言う通りにしてみよと申されました」

と告げた。佳代はかわいらしく顔をかたむけて、

「岳堂様がそうおっしゃったのなら、間違いないと思いますよ」

と言った。颯太は頭を横に振った。

「そうでしょうか。わたしにはそうは思えません」

そう言うと、颯太は佳代を残して駆け足で門をくぐり、そのまま城を目指した。佳代が言葉をかける暇《いとま》もなかった。

登城した颯太は、間もなく吉通に召し出された。ため息をつきつつ吉通の前に出た颯太は、庄三郎が〈蜩ノ記〉は貸せないが、家に来ていただければお見せいたすと言ったと、言葉を選びながら伝えた。

颯太の見当とは違い、吉通は怒ることもなく興味ありげに聞いていた。そして颯太が話し終えると、ぽんと膝を叩いた。

「なるほど、それは面白い」

思わぬ吉通の言葉に、颯太は耳を疑った。

「面白うございますか」

吉通はにやりとして颯太を見た。

「なんだ。面白くてはいかんのか」

「いえ、お怒りになるかと思っておったものですから」

颯太が言うと、吉通は大仰《おおぎょう》に天井を振り仰《あお》いだ。

「ああ、やはり颯太はわかっておらんな」

颯太はむっとした。

「何がわかっていないのです」

「主君たる者の大変さがだ」

吉通に言われて、颯太は顔をそむけた。

「わたしは家来であって主君ではありませぬゆえ、わからないのは当たり前だと存じます」

「それでも、少しは頭を働かせたらどうだ」

吉通に言われて、颯太は何も言わずにそっぽを向いた。すると、吉通はなだめるように、

「考えてもみろ、わたしは日ごろから、ご無理ごもっともという家臣にばかり取り囲まれているのだぞ」

と言った。颯太は吉通に顔を向けた。

「それはお察しいたしますが、わたしにもわかるようにお聞かせください」

切り口上で颯太が言うと、吉通は苦笑した。

「わたしが〈蜩ノ記〉を読みたいと思ったのは、藩主としての自信をつけたいからだと申したではないか。それならば、城の中で読むよりも、戸田秋谷の親族の話を聞きながら読むほうがよいに決まっておる。檀野庄三郎と申す男が言いたかったのは、そういうことではないのか」

吉通の言葉を聞いて、颯太はようやく納得がいった。だが、それならば、庄三郎もそう言ってくれればよかったのではあるまいか。

「なぜ檀野様は、そのようにわかりやすく言ってくださらなかったのでしょうか」

颯太が肩を落として言うと、吉通はきっぱりと言った。

「わたしを試そうとしたのだ。檀野庄三郎という男はなかなか憎い奴だ。そう思わぬか、颯太――」

「まことにさようでございますね」

主君の器量を問う家臣にも鷹揚に構える吉通の言葉に、颯太は何やら明るい気持になって、笑みを浮かべてうなずいた。


野駆けに出たいと吉通がはっきりと口に出してからも、重臣たちによって認められるまでしばらく時がかかった。

吉通が庄三郎の家を訪れるために城を出たのは、十日後のことだった。それも供として、颯太のほかに藤林平吾と小林哲丸がついた。

吉通はうんざりした顔で、

「重臣どもは、どうしてもわたしに見張りをつけたいようだ。檀野の家に行ったら、そなたがふたりの目をごまかしてくれ」

と言った。

颯太は難しいことだと思いながらも、たまたま休息に寄った家で伝来の書を読んだだけだということにすればいいだろう、と思った。

なにより、吉通が楽しそうにしているのを見ると颯太も心が躍《おど》った。

野駆けの日、吉通は、

――淡雪《たんせつ》

と名づけている白馬に乗った。

颯太たちは笠《かさ》をかぶり、裁着袴《たつつけ》をつけ、草鞋履きで供をする。馬には乗らず、徒《かち》である。

よく晴れた日だった。

吉通は上機嫌で馬を打たせていき、颯太たちは汗まみれになりながらそれについていった。

やがて城下をはずれ、薬草園のそばまで来た時に、

「殿、このあたりでお休みになられてはいかがでしょうか」

と颯太が声をかけた。

吉通が平吾と哲丸に聞こえるように大声で、

「おお、そうじゃな。そこは薬草園の番小屋と見える。休んで、茶でも飲ませてもらうとするか」

と言った。

平吾たちが止める隙を与えないように、吉通はさっさと馬を庄三郎の家に近づけると飛び下りた。

その間に颯太が家に入って、話をつけた風を装《よそお》った。庄三郎がいつもの野良着で

はなく羽織袴姿で出てきたのを見て、颯太はほっとした。

吉通は目を光らせて庄三郎を見つめて、

「ちと休ませてもらうぞ」

と声をかけた。

庄三郎は頭を下げて、

「むさ苦しいところではございますが、ごゆるりとおくつろぎくださいませ」

と言って案内した。

平吾と哲丸が続こうとすると、颯太が立ちはだかった。

「殿は、しばし休むゆえ、その間邪魔をせぬように、とのことでございます」

平吾が眉をひそめた。

「われらはおそばを離れずにいるのが役目ではないか。殿がおひとりになられて万が一のことがあったら何とする」

「おひとりではございません。この家の主《あるじ》、檀野庄三郎殿がおそばにおられますゆえ、ご安心ください」

颯太は毅然《きぜん》として言い切った。

平吾が、のけと言いながら颯太に手をかけた。だが、颯太は動かない。

「こやつ、何を企んでいる」

平吾が颯太を睨《にら》みつけた。平吾の後ろにいた哲丸が前に出ようとしたが、これも颯太が遮《さえぎ》った。

平吾はひややかな声で、

「赤座、どういうつもりだ。殿に何かあれば、きさま、腹を切らねばならぬぞ」

と言った。

殿のため、覚悟を示す時がきた、と颯太は思っていた。しかし、腹を切らねばならぬという平吾のひと言に、早くも膝が震えた。

その時、我知らず、颯太は懐に忍ばせたものを握りしめていることに気づいた。すると、嘘のように震えが収まり、腹が据わった。

颯太は握りしめていた白糸巻柄、黒蠟色鞘の短刀を懐から取り出した。吉通から拝領した、

——吉光
である。

「覚悟はいたしております」

颯太は淡々と答えた。

平吾と哲丸は、吉光を見つめて息を呑んだ。哲丸が恐る恐る訊いた。

「赤座、本気なのか――」

颯太はうなずいて答える。

「主命でございますゆえ」

吉通からこの短刀を拝領した日のことを、颯太は思い出していた。


庄三郎は吉通を家の中に案内し、板敷の囲炉裏端に座らせた。吉通が物珍しげにあたりを見回していると、薫が茶を出した。

吉通が茶を飲んで待っていると、庄三郎が奥から黒漆《くろうるし》塗りの箱を持ってきた。吉通の前に跪《ひざまず》いた庄三郎は、恭《うやうや》しくその箱を吉通の膝前に差し出した。

「これか――」

吉通が問うと、庄三郎は頭を下げて答えた。

「〈蜩ノ記〉でございます」

吉通はおずおずと箱の蓋をとった。中には、表紙に、

――蜩ノ記
と書かれた日記が入っていた。

十

吉通が庄三郎の家に入って一刻が過ぎた。

その間、颯太は短刀を握りしめて平吾と哲丸を睨み据えていた。緊張が続き、眩暈《めまい》がしそうだった。手足がしびれ、小刻みに震えていた。

平吾と哲丸も蒼白になって颯太を見据えている。日ごろ馬鹿にしている颯太に気魄《きはく》で抑えられ身動きできないことに、屈辱を感じていた。

「いいかげんに通したらどうだ」

平吾が額に汗を浮かべ、怒りを押し殺した低い声で言った。

颯太は頭を横に振った。

「通せませぬ」

「主命だと申すのか」

平吾が苦々《にがにが》しげに言った。

「さようです」

哲丸がうんざりした顔で口をはさんだ。

「わたしたちは、何も殿の邪魔をしようというのではない。おそばで警固《けいご》をしようというだけのことではないか」

颯太は唇を湿らせてから答えた。

「それはわかっております。されど、殿にもおひとりで何事かなさりたいときがあるのは当たり前ではございませぬか。さようなおりには、おひとりにさせてあげるべきだと存じます」

と、平吾が声を高くした。

「さような慮《おもんぱか》りは忠義ではない。主君に阿《おもね》っているだけのことだ」

颯太は唇に指をあてた。

「お静かに。さように大声を出されては、家の中のひとたちが気にされましょう」

「気にして当然ではないか。薬草園の番小屋とは申せ、殿は家臣の家に来ているのだぞ。ならばこの家の者も、お供はどうしたと気遣うのが家中としての務めではないか」

「さて――」

颯太は首をひねった。

「さて、どうしたというのだ」

平吾が苛立《いらだ》たしげに言った。颯太は首をかしげたまま答える。

「わたしにもよくわからないのです。なぜ、殿の命《めい》に従ってかようなことをしているのか」

哲丸は呆れた顔になった。

「きさま、自分がなしていることもわからずに邪魔立てしているというのか」

颯太は大きくうなずいた。

「さようなのです。それでも、こうした方がよいという、勘が働くのです」

平吾は、今度は落ち着いた声でなだめるように言った。

「赤座、それは勘違いというものだとは思わぬか」

颯太はくすりと笑った。

「そうかもしれません」

その瞬間、平吾は颯太にとびかかり、短刀をもぎ取ろうとした。颯太はこれを防ごうと、平吾を振り払おうとする。哲丸もあわてて颯太の腰に飛びつき動きを封じようとした。

「放せ――」

颯太は短刀を鞘ごとしっかり握って、奪われるのを防ぐようにもがいた。

「放すものか。早《はよ》う短刀を渡せ」

平吾はさらに力を込めて短刀を奪おうとし、哲丸は颯太を押し倒そうとした。

もみ合う内に短刀がすぱっと抜けた。

白刃が日に光った。

「あっ、こやつ」

平吾がうめいて後退《あとずさ》りすると、哲丸は腰を抜かしたように尻餅《しりもち》をついた。

颯太は抜けた短刀を構えてふたりを睨んでいたが、ふっと息を吐くと、短刀を鞘に納めた。

その時、

――何をしておる
と不機嫌そうな吉通の声がした。

颯太は短刀を懐にしまいながら振り向き、地面に片膝をついた。

「何でもございません。殿をお待ちしている間、鍛錬《たんれん》のため、力比べをいたしておりました」

「騒がしいぞ。そなたたちの声は家の中まで聞こえておった」

平吾と哲丸も颯太に並んで片膝をつくと、

「申し訳ございません」

と言いつつ、頭を下げた。庄三郎と薫が、吉通を見送りに外へ出てきていた。

吉通は三人の顔を渋面を浮かべて見ていたが、

「帰るぞ」

とひと声発するや、つないである馬に向かった。吉通が騎乗するのを介添えした颯太は、

「〈蜩ノ記〉はいかがでございましたか」

と声をひそめて言った。馬上の吉通はそっぽを向いたまま、

「つまらなかった。まことにつまらなかったぞ」

と大声で言った。

(殿は〈蜩ノ記〉がお気に召さなかったのか)

颯太はがっかりして肩を落とした。

庄三郎はどんな話をしたのだろう、と思った。

吉通の言葉を聞いて、平吾と哲丸はにやにやしながら顔を見合わせた。結句、颯太は吉通に気に入られようとしてしくじったのだ、と思ったようだった。

庄三郎の顔をちらりと見たが、平然としている。期待していただけに、裏切られた

ような気がして颯太はため息をついた。すると吉通は鞭を手にしながら笑顔になり、

「〈蜩ノ記〉はつまらぬが、檀野庄三郎の話は面白い。また来るとしよう」

と囁いて馬腹を蹴った。

吉通の、また来るとしよう、という言葉を聞いて、颯太の表情が明るくなった。吉通は庄三郎と話して何か得るものがあったのだ。そうでなければ、また来ようと言うはずがないではないか。〈蜩ノ記〉がつまらなかったというのも、平吾や哲丸に聞かせるためにわざと言った言葉かもしれない。

颯太は元気を取り戻して、吉通を乗せた馬の跡を追って走った。その様を見て、平吾と哲丸は訝しげな顔をして颯太に続いた。


庄三郎と薫は、吉通を見送ると家に入った。

庄三郎が居間に座ると、薫が茶を持ってきた。

「やれやれ、殿の話し相手をするのも気を遣って疲れるものよ」

庄三郎は肩を叩きながら言った。

「さようでございますか。殿がお見えになってすぐに、悪政は忠臣を生み、汚濁《おだく》の世は高士《こうし》を見出《みいだ》すなどと言われるので、傍らで聞いていて驚きました」

薫は苦笑した。庄三郎は笑って、

「なに、さほどのことでもあるまい。新たなご主君だ。いろいろわかっておいていただかねば困るのだ」

と返した。薫は納得できないというように頭を振った。

「そうは申されましても、殿はまだお若《わこ》うございます。あまりな申されようでは驚かれましょう」

まあ、そうかもしれんな、と言いながら、庄三郎は少し考え込んだ。吉通にできるだけ戸田秋谷のことを伝えたいと思ったが、どれほどのことが伝えられたかと考えると虚《むな》しい気もした。

秋谷は無実の罪によって十年の間幽閉され、しかも自らの無罪を主張することなく切腹して果てた。

その生きざまは、目《ま》の当たりにした庄三郎にしてみれば崇高《すうこう》なものだが、そのことを若い吉通にどれだけわかってもらえたか。ひとはおのれの生き方に照らしてしか他人を見ることができないものだ。

藩主になるべく育てられた吉通にしてみれば、ひとを思い献身する生き方は、あくまで家臣のものに過ぎないとしか思えないのではないか。

主君の立場から見れば、家臣がそのように自らを犠牲にするのは当然と思えるかもしれない。

秋谷のような生き方を理解してくれる藩主であってほしいとの願いを込めて話したことだが、すべては無駄ではなかったか。

庄三郎はため息をついた。

そんな庄三郎を見て、薫はくすりと笑った。

「旦那様は若いころと変わられませんね」

庄三郎は、むっとして薫を見る。

「変わらぬとは、どういうことだ。わたしなりに切磋琢磨《せっさたくま》してきたつもりだぞ」

「ご自分のことではございません。ひとのためによかれと思ってなしたことは、すぐに花が咲き、実がなってほしいと思われるのです。ご自分がかような人間になりたいと思えば、何十年でも倦《う》まずに努められるではありませんか。それなのに、ひとのことになると――」

「辛抱が足らぬと申すか」

庄三郎はうなずいた。

「はい。他人もご自分と同じでございます。ひとが変わろうと思えば、やはり時がかかります。ご自分のことでできる辛抱は、ひとのことでもいたさねばならぬのではないでしょうか」

「なるほど、そうだな。義父上はその辛抱をされておったな」

「さようです。ひとは自らのための辛抱はいくらでもできるが、ひとのための辛抱はわずかでもできないものだ、と父は申しておりました」

薫は懐かしそうに言った。庄三郎は笑った。

「なるほど、わたしは義父上のように生きたいと思って参ったが、いつまでたっても及ばぬな」

「いえ、父は厳しいひとでしたが、旦那様は情がこまやかでお優しいのです。それゆえ、ひとのことになると我を忘れて悩まれるのです」

薫は、じっと庄三郎を見つめた。庄三郎は照れたように頭に手をやった。

「それは、褒めてくれておるのか」

「はい、お褒めしております。旦那様を褒めるのは、妻たるわたくしにしかできぬことでございますから」

微笑んで薫が言うと、庄三郎は、そういうものか、と中庭に目を遣ってつぶやいた。

どこかで小鳥がさえずっている。

城に戻った吉通は御座所で着替えを済ませると、颯太だけをそばに呼んだ。

「そなたは戸田秋谷のことをどれだけ知っておる」

吉通に訊かれて、颯太は首をひねった。

庄三郎からおりにふれて聞かされてはいたが、大まかなことだけで、詳《くわ》しく話してもらったわけではない。

「さほど詳しくは知りませぬ」

颯太が正直に答えると、吉通は大きくうなずいた。

「そうであろうな。やはり、〈泣き虫颯太〉に話しても無駄だと、檀野庄三郎は思っているのであろう」

「さようでしょうか」

庄三郎は自分に親身になってくれているし、ぞんざいに扱われたことはない、と颯太は胸の中でつぶやいた。

だが、吉通は得意げに話を続けた。

「それに比べ、檀野はわたしには懇切丁寧《こんせつていねい》に話してくれた。あれは、わたしに見込みがあると思ったからだろう」

颯太は馬鹿馬鹿しくなった。

庄三郎が吉通に懸命に話したのは主君であるがゆえではないか。吉通が名君になってくれねば家中の者や領民が困るから、戸田秋谷というひとのこともわかってもらおうとしたのだ。そんなこともこのひとはわからないのか、と颯太は呆れる思いだった。

すると吉通は颯太を見据えて、

「何だ、颯太。そなた、いまわたしを馬鹿にしたな」

「とんでもないことです。さようなことはありません」

颯太があわてて言い返すと、吉通は睨みつけるように目に力を込めて、

「よいか、よく聞け。戸田秋谷はまことの武士であった。檀野庄三郎はまことの武士の心をわたしに伝えようとしたのだ」

と言った。颯太は大きくうなずく。

「はい。さようだと存じます」

「では、まことの武士の心とは何だ」

吉通に問われて、颯太は戸惑った。庄三郎から秋谷の話を聞いて感銘を受けていた

が、それをどう言ったらいいのかわからない。しかたなく、

「忠義かと存じます」

と答えた。吉通は畳《たた》みかける。

「忠義とは何だ」

「主君のために身命を擲《なげう》って奉公することです」

吉通は颯太に顔を近づけて訊いた。颯太が、ためらいながらも、はい、と答えると、吉通は大きく息を吐いた。

「では、戸田秋谷はどうだ。無実の罪を晴らそうとはせず、十年、山村の中に籠もり続けた。なるほど、家譜は編纂したであろうが、秋谷が政《まつりごと》の場におれば、もっと大きなことがなせたのではないか。それをせず、おのれの意地のために山村に籠もり続けたことを忠義と言えるのか。そなたはどう思う」

厳しい口調で訊かれて、颯太は言葉が出てこなかった。そう言われてみれば、秋谷にはもっと違う生き方もあったのではないか、と思えてくる。

颯太は、また正直に答えた。

「わたしには、わかりません」

吉通はさらににじり寄って、颯太の肩をぽんと叩いた。

「そうであろう。わたしにもわからないのだ」

吉通は困惑を隠さず、泣き笑いの表情になっていた。

十一

三日後——。

戸田順右衛門は、家老の御用部屋に呼ばれた。

家老の吉田忠兵衛《よしだちゅうべえ》は六十過ぎの老齢で、病気がちなため登城も途絶えがちだった。そのため、近頃では執政会議も順右衛門の差配で行われるようになっていた。

ところが、この日は珍しく忠兵衛が登城していた。

順右衛門が御用部屋に赴《おもむ》くと、白髪で小柄な忠兵衛のほかに勘定奉行の原市之進と、馬廻役の赤座九郎兵衛がいた。

何のために呼び出されたのであろう、と順右衛門は素早く考えた。そしてすぐに、殿が〈蜩ノ記〉を見にいったことだろうと察しをつけた。

はたして順右衛門が座るなり、原市之進が怜悧な顔ににこやかな笑みを浮かべて、

「お忙しい戸田殿をお呼び立ていたして申し訳ござらぬ」

と言った。順右衛門はわざと訝しげな表情を作った。

「はて、それがしは、吉田様がお呼びとのことにてまかりこしましたが」

順右衛門の言葉を聞いて、吉田忠兵衛は困ったように顔をしかめた。市之進は平気な顔で、

「いや、実はそれがしと赤座殿に、戸田殿におうかがいいたしたきことがござってな。されど、われらだけで話すのもいかがかと思い、吉田ご家老に立ち会いをお願いいたしたしだいでござる」

と告げた。順右衛門は無表情にうなずく。

「して、どのようなお話でございましょうか」

「実は、月の輪様のことでござる」

「月の輪様のこと？」

藩主一門の三浦左近の話が持ち出されたのは意外だった。殿に〈蜩ノ記〉を見せたことではなかったのか、と順右衛門は訝しく思った。

市之進がうなずく。

「月の輪様におかれては、近く出府《しゅっぷ》されて、旗本の親戚方に挨拶まわりをされるお

つもりでござる。そのことを戸田殿にもご承知おきいただきたいのだ」

「さようなことなら、執政会議にて話されるべきではございませぬか。この場にいる者だけにて了承いたすことではございますまい」

順右衛門はひややかに言った。市之進は手を上げてなだめるような仕草をして、

「いや、執政会議で話せばことが面倒でござる。そもそも、月の輪様はお忍びにて江戸へ参られるおつもりじゃ」

三浦左近が忍びで江戸に出て親戚まわりをするのは、吉通が新藩主になったものの、まだ年若だけに家中が治まっていないと言い立てるつもりに違いない。そしてあわよくば、幕閣を動かして吉通を廃し、自らが取って代わろうという腹だろう。

「それならば、執政会議どころか、かような場にても話すわけには参りますまい」

順右衛門はつめたく言ってのけた。

市之進の目がきらりと光った。

「それはいかなるゆえでござる」

順右衛門は市之進を睨み据えて、

「されば。月の輪様が江戸に赴かれることは家中の騒動のもととなりましょう。われらがそれを承知していたとあっては、面倒なことになるのではござらぬか」

と言い放った。赤座九郎兵衛が身じろぎして口を開いた。

「これは聞き捨てなりませんぞ。月の輪様が江戸に行かれることが、なぜ家中の騒動のもとになるのでござる。月の輪様が藩主の座を狙っておられるなど、根も葉もない噂に過ぎませんぞ」

「根も葉もない噂であるのなら、李下《りか》に冠《かんむり》を正さず、と申します。ひとに疑いを受けるようなことはなさるべきではありますまい」

順右衛門は舌鋒《ぜっぽう》鋭く言い募った。あたかも、

――鵙
を思わせる手厳しさだった。

市之進は大げさに顔をしかめて見せた。

「御一門衆である月の輪様に対し、何という暴言を吐かれることか。戸田殿とも思えませんな。やはり近頃、戸田殿に驕《おご》りが見えるという噂はまことのようですな」

順右衛門は市之進に顔を向けた。

「それがしに驕りがあると仰せか」

市之進は、にやりと笑った。

「さよう。そうでなければ殿に、切腹した父御《ちちご》が遺した日記などを見せることはでき

ますまい。いや、さようなことを企んだのは何かを狙ってのことでござろう。もはや驕りなどと言って済ますことはできませんぞ」

回りくどい言い方だったが、ようやくそこを突いてきたかと思い、順右衛門は苦笑した。

「そのことならば、それがしには関わりなきことでござる」

「ほう、知らぬと言われるか」

市之進は薄い笑いを浮かべた。

「さようでござる。何となれば、父の日記はそれがしの手元にはござらん。義理の兄、檀野庄三郎のもとにあります。義兄とそれがしは、長きにわたって疎遠になっております。先日、殿が野駆けのおり、義兄のところで休まれたとは近習《きんじゅう》の者から聞きましたが、そのことにそれがしは関わりござらん」

斬り捨てるように順右衛門は言った。

「なるほど、さようにとぼけられるか」

市之進は呆れたような口振りになった。順右衛門は鋭い目で見返した。

「とぼけてなどおりませぬ。殿が義兄のところにお立ち寄りになったのは、供の者の中に義兄のもとで暮らしている赤座颯太と申す者がいたからでございましょう。野駆けのおり、のどが渇《かわ》かれた殿を小姓が知り人のところに案内し、休んでいただいたというだけのことではありませぬか」

九郎兵衛が顔を赤くして口を開いた。

「それでは、まるでわが一族の者が手引きしたかのごとくではないか。おのれの謀《はかりごと》の責めを、わが一族に押しつけるつもりか」

「押しつけるなど、とんでもない。小姓が殿に懸命にお仕えしているというだけのことではござらぬか。一族の長として、赤座殿からも褒めてやってはいかがでござる」

順右衛門は皮肉な笑みを浮かべた。九郎兵衛が膝を乗り出して、さらに何か言おうとするのを制するように、市之進が声を上げて笑った。

「なるほど、さすがによう考えておられる。もはや、言うべきことはござらん。ただし、このことを不問に付すかわり、月の輪様の江戸行きのことも耳にとどめておいていただこう」

市之進は忠兵衛に顔を向けて、よろしいな、と念を押した。先ほどからの言い合いに困惑していた忠兵衛はやむなくうなずいた。

順右衛門も、機先を制せられて言葉をはさむ余地がなかった。

（しまった。これが狙いであったか）

思わず順右衛門は唇を噛んだ。

市之進はそんな順右衛門に顔を向けて、

「今日の話はこれまでといたすが、もし、また殿が野駆けのおりに檀野庄三郎のもとに立ち寄られるようなことがあれば、あらためて糾《ただ》すことになるとご承知おきくだされ。檀野は失態の多い男で、かつて城中で刀を抜く喧嘩沙汰を起こしたおり、当時の中根ご家老に願って、なんとか切腹させずに収めたのはそれがしでござる。そのこと、お忘れではござるまい」

と言った。順右衛門はうなずいて言葉を返した。

「そのこと、義兄も忘れてはおりますまい」

「さらに申せば、十年前、檀野が瓦岳で山火事を起こした際、それをもみ消したのは戸田殿でござった。そして此度《こたび》のことといい、いやはや、檀野はわが藩の疫病神《やくびょうがみ》でござるな」

市之進は憎々《にくにく》しげに言った。

「さて、どうでございましょうか。山火事の一件は、義兄が郡方《こおりかた》として村を見回っていたおり、瓦岳にて近くの村娘に乱暴を働こうとしていた不埒《ふらち》な者どもを見つけ、助けた際に起きたと聞いております。その不埒な者どもはいずれも騎馬で、猟の帰りなのか鉄砲を携《たずさ》えておったそうでござる。義兄と斬り合いになり、追い立てられた不埒者のひとりの鉄砲が暴発して、枯れ草に火がついたということでございました。村娘を助けようとしていた義兄には火を消すゆとりはなかったのでござろう」

順右衛門は淡々と話した。市之進は無表情なまま、

「たとえそうだとしても、山火事を防げなかった不心得は咎められてもよかったはず。しかもそのおり、檀野はその村娘の一家をひそかに欠落《かけおち》させた疑いがある。百姓の欠落を許すのは藩法に背《そむ》くこと。それをもみ消したがゆえに、戸田殿は檀野と親戚付き合いを絶たれたのではござらぬのかな」

「はて、どうでしたかな。忘れましたな」

順右衛門が突っぱねると、市之進は忠兵衛に向かって頭を下げ、

「では、これにて――」

とだけ言い残して立ちあがった。市之進はさりげなく順右衛門に目を向けた。

「ひとつだけ、中老殿に申し上げておく。此度の出府はご親戚筋のお旗本が、月の輪様をご老中方にお引き合わせくださるためのものでござる。ご老中方は年少の吉通公が藩主となられたわが藩を案じておられ、月の輪様を後見役とされることを望んでおられる由《よし》。されば、江戸より戻られた月の輪様はわれら執政の上に立たれ、政を行わ

れることになるやもしれませぬ」

市之進が、はっはっと笑うと、九郎兵衛は渋々《しぶしぶ》立ちあがった。しかし、市之進に従って御用部屋を出ていこうとした瞬間、九郎兵衛は順右衛門に鋭い視線を送ってきた。

ふたりが出ていくと、忠兵衛が怯えた顔になった。

「戸田殿、気をつけられよ。あのふたりが動き出したということは、月の輪様が本気で動くということじゃ。江戸表での話が月の輪様の思惑通りにいくかどうかわからぬが、もしうまくいくようなことになれば、容赦のない方ゆえ、月の輪様を不埒者と申すそこもとも、そして十年前、月の輪様から村娘を守った檀野庄三郎も、おそらくただでは済まぬぞ」

「ご忠告、ありがたく存じます」

順右衛門は頭を下げながら、庄三郎と薫の顔を思い浮かべていた。

この日、颯太は下城すると、水上岳堂の屋敷に向かった。

庄三郎のもとを訪ねてから吉通は、次はいつ行けるのだ、と颯太にしつこく訊いてくる。いつも傍らに平吾や哲丸がいるだけに、はっきりと答えるわけにもいかず、どうしたものかと颯太は悩んでいた。

岳堂に相談しようと思ったのだが、屋敷の門をくぐり、玄関先に立って訪いを告げても応《いら》えがない。

颯太はやむなく玄関脇の入口から上がった。

廊下を進んで奥へ向かうと、奥の座敷から話し声が聞こえてきた。

(なんだ、おられるではないか)

颯太は声をかけようとしたが、女人の声が聞こえてきたので、思わず口をつぐんだ。

話しているのは、岳堂と佳代だった。

「そうか、とうとう江戸行きが決まられたのか」

岳堂はため息をついた。

「病がちということで先延ばしして参ったのですが、父はもう延ばせぬと申します。それに、此度、月の輪様が出府されるそうなのです」

「月の輪様が――」

岳堂は眉をひそめた。佳代は悲しげにうなずく。

「はい。月の輪様から妾奉公に出るよう言われたのは三年前のことでございます。それをお断りするため、江戸屋敷に女中奉公にあがる話を口実にして参りましたゆえ、江戸屋敷にわたくしがいないとなれば月の輪様はお怒りになられましょう」

「しかし、月の輪様と時を同じくして江戸に行くというのも、ちと案じられるな」

岳堂が真情の籠もった声で言うと、佳代は嬉しげに言葉を発した。

「わたくしを案じてくださいますのか」

「心配なものは、心配だ」

岳堂は、今度は憂鬱《ゆううつ》げに言った。

「ならば――」

佳代は言いかけてためらったが、勇気を振り絞《しぼ》って、

「わたくしを、水上様のおそばに置いてくださいませ」

とようやく言った。

「さて、それは――」

岳堂は当惑の色を顔に浮かべた。佳代は悲しげに、

「やはり、月の輪様の思し召しから逃げている女子を妻とすることはおできになりませぬか」

「月の輪様を恐れてのことではない」

岳堂はつぶやくように言った。

「わかっております。学問の道のためでございますね」

佳代はせつなげに目を閉じた。

「わたしは羽根にて後進の者を育てる心願を立てた。藩をよくするには、つまるところはひとを育てねばならぬ。そのためにわが学問を役立てようと思った。もし、佳代殿を妻とすれば、月の輪様との軋轢から藩を出るしかなくなるだろう。それでは、わが心願を諦めねばならぬことになる」

「わたくしよりも心願をお選びになるということでございますね」

佳代は涙ぐんで言った。

「いや──。それゆえ、わたしも悩んでいるのだ」

岳堂の声は苦悩に満ちていた。

颯太はこれ以上立ち聞きするわけにはいかない、と思って忍び足で玄関へと戻った。そして門へと向かいながら、皆、いろいろな悩みを抱えているのだと思った。

そんな悩みを快刀乱麻を断つように、ことごとく解決できたらどれほど気持がいいだろうか、と思った。

ふと、藩主吉通の傍らに立ち、すべての難問を引き受けて裁いている自分を思い浮かべてみたが、すぐにとても無理なことだと頭を振るしかなかった。

(戸田順右衛門様にさえできないことが、わたしにできるはずがない)

馬鹿なことを考えるな、と颯太は自分の頭をぽかりとなぐって門をくぐり、外へ出た。

このまま庄三郎の家に戻ろうと思った。

十二

月の輪様が江戸に行かれるらしい、とお春は隣家の女房から聞いた。

そのため、近々、月の輪様の屋敷で送別の宴《うたげ》が行われるらしい。そのことを聞いてお春は嫌な予感がした。

また、酒宴の手伝いに駆り出されるのではないだろうかと思うと、落ち着かなかった。月の輪様の蛇のような目を思い出すと不安になり、つめたい汗が出てきた。

(どうしよう——)

数日にわたって考えてみたが、どうすればいいのかわからず、やはり庄三郎に相談してみようと思った。

一日の野良仕事が終わった後、お春は母親の夕餉の支度を済ませた後、

「檀野様のところに行ってきます」

と告げて家を出た。

すでに夕暮れになっていたが、夜空に星が出始めているのを見て、提灯《ちょうちん》はいらないだろうとお春は思った。

家を出て、村を通る街道を真っ直ぐに進んだ。途中で庄屋屋敷の使用人たちとすれ違った。弥助《やすけ》というお春も顔なじみの使用人が、

「お春、もう日が暮れるのにどこへ行くっちゃ」

と訊いた。お春は迷ったが、

「薬草園の檀野様をお訪ねします」

と正直に告げた。訊《たず》ねた使用人は、そうか、気をつけていくように、とさりげなく言った。それでもほかの使用人たちが、戸惑っている素振《そぶ》りを見せたのが感じ取れた。

（なぜなのだろう）

お春は訝しく思いながら、道を急いだ。歩くにつれ、夜空の星が増えていった。

お春は時おり星を見上げ、

(いろんなことがすべてうまくいって、皆が幸せになれますように)

と祈った。

胸には順右衛門の面影《おもかげ》があった。

順右衛門とはもう、おそらく生涯にわたって触れ合うこともないだろう、と思った。それでもいいと思った。

たとえ二度と会うことがなかったとしても、順右衛門がこの空の下で幸せに暮らしていってくれるのなら、それだけでわたしも幸せなのだ、とお春は思った。

兄の源吉もあの世できっとそう願っているに違いない。そう思いながらお春は向山村を抜け、相原村へと続く道に入った。

半刻ほど歩いて庄三郎の家が見えたときには、ほっとひと息ついた。さらにお春が足を速めたとき、

——お春
と男の声がした。

驚いて振り向くと、先ほど会った弥助が提灯を持って立っていた。弥助の背後には

三人の武士がいた。

「何でしょうか」

立ち止まったお春が訊くと、弥助はこっちへ来いというように手招きした。お春はやむなく近づいた。すると、弥助は後ろをちらりと見てから、

「こちらは、月の輪様のご家来衆だ。近頃、欠落する者がいるので見張りに来ておられる。お前が夕刻に村を出たと申し上げたら、欠落かもしれないゆえ連れ戻すとおっしゃってな」

と告げた。

「そんな。わたしは相談事があって檀野様のもとに参るだけでございます」

お春が弁明すると、武士のひとりが前に出てきた。

「檀野のもとへ参るのは、欠落の相談のためではないのか。あの男は以前にも、村の者を欠落させた疑いがあると聞いておるぞ」

武士は決めつけるように言った。

「決してさようなことはございません」

お春は懸命に言ったが、武士はつめたく、よいから、今夜は向山村へ戻れ、と言うばかりだった。

思い余ったお春は、庄三郎の家に向かって走ろうとした。だが、武士が追いすがってお春を捕まえた。

お春が悲鳴を上げると、

「何をするんだ」

と少年の甲高い声がした。

足音が響いて、駆け寄った颯太がお春を武士の手から引き離して背後にかばった。

「きさま、邪魔立ていたすか」

武士が怒鳴った。

「女子相手に乱暴はおやめください」

颯太が震える足をなんとかふん張って、腰の短刀の柄《つか》に手をかけて言うと、武士はせせら笑った。

「きさま、われらに手向かうつもりか」

「乱暴を見過ごすわけには参りません」

颯太はきっぱりと答えた。

武士はゆっくりと颯太に近づいた。

「おぬし、自分が何をしているのかわかっておるのか。村から欠落しようとした女をかばい立てしているのだぞ。それだけでも切腹せねばならぬことになるぞ」

「そんなことは知りません。わたしは藩主吉通公に小姓としてお仕えする赤座颯太。あなたがたは何者ですか」

「われらは、月の輪様にお仕えいたす者だ」

「やはりそうですか。しかし、このひとをお渡しすることはできません」

畏《おそ》れ入ったかというように武士は言ったが、
と颯太は震える声で言った。

「きさま、月の輪様に盾《たて》つこうというのか」

武士たちが気色《けしき》ばんだ。

「盾つこうなどとは思いません。ですが、わたしは今日も月の輪様の悪い噂を聞いたばかりです」

武士たちはせせら笑った。

「悪い噂だと。どのような噂だ」

「申せません。ただ、月の輪様のせいで幸せになれずにいまも苦しんでいる方がいるのです」

「何を申す。月の輪様は御一門衆であるぞ。いわばきさまにとって主筋《しゅうすじ》のお方だぞ。

その方を誹《そし》るなど不忠の極《きわ》みだ」

　武士は言いながら刀の柄に手をかけた。ほかのふたりも柄に手を添え、いつでも抜ける構えをとった。

「わたしの主君は、吉通公ただおひとりです。たとえそうでなかったとしても、主君の悪を見逃し阿るのは忠義にあらず。あなた方は――」

　颯太は大きく息を吸い込んで、

　――不忠者だ
　と叫んだ。

「こやつ――」

「許せぬ」

　武士たちはいっせいに刀を抜いた。

　颯太も短刀を抜こうとしたが、手がぶるぶる震えるばかりで動かない。足の震えも激しくなるばかりだ。

　このままでは斬られる。

　颯太は焦ったが、なおも手足に力が入らず、棒のように立ち尽くすしかなかった。

　颯太は振り向かずに、

——お春さん
と言った。悲鳴のような声だった。

「逃げて——」

お春に言ったのか、自分に向かってだったのかわからない。だが、颯太が叫び終わるのと同時に、武士たちが斬りかかってきた。

颯太は悲鳴を上げて目を閉じた。

そのとき、黒い影が颯太の前を横切った。うめき声がして武士のひとりが倒れた。

「何をする」

「何やつじゃ——」

残るふたりの武士がその影に向かって斬りかかったが、白刃がきらめいたかと思うと、ふたりはばたばたと倒れた。

「檀野様——」

お春が影に取りすがった。

「お春坊、どうした」

庄三郎がのんびりと声をかけた。

「檀野様をお訪ねしようとしたら、このひとたちが欠落だと言って、村へ連れ戻そうとされたのです」

お春が訴えるように言うと、庄三郎は、そうか、とつぶやいた。そして立っている弥助に向かって、

「そなた、向山村の者だな。この者たちは峰打ちにしただけだ。命には関わらぬ。介抱して連れてゆけ。それに、この娘は欠落ではない。わが家の客だ。わたしは薬草園の番人の檀野庄三郎と申す。娘が不逞《ふてい》の者に乱暴されているのかと思っていささか手荒な真似をした。文句があるならいつでも聞くゆえ、来るがよいと伝えよ」

庄三郎は言い捨てて、

「颯太、行くぞ――」

とうながして家へ向かった。


家に入ると薫と桃が心配そうに板敷に立っていた。

庄三郎がにこりとして、

「お春坊が訪ねてきてくれたぞ」

と言った。

「まあ、そうだったのですか」

薫が言うと、桃が嬉しげに、お春お姉さん、と言った。

板敷に上がったお春は薫に向かって、

「欠落だと疑われて、たいそう怖《こお》うございました。このあたりの村の者はいま、月の輪様に見張られているようです」

と言った。傍らに座った庄三郎が、

「そのようだな。なぜそこまでして皆を締め上げるのか」

とつぶやいた。

お春は庄三郎に顔を向けた。

「月の輪様は近く江戸に行かれるそうです」

「江戸へ？」

庄三郎は眉をひそめた。薫が声を低くして、

「やはり、月の輪様は藩主になろうと動かれるのでしょうか」

と言った。

「おそらくな。また、争いごとが起きることになろう」

庄三郎は陰鬱に言うと、颯太に目を遣った。

「先ほどは、お春をかばったところまでは見事だったが、斬りかかられて目をつぶっ

てしまったのはいかんな」

「申し訳ありません」

颯太は肩を落とした。

「おぬしの命のことだ。すまながることはない。ただ、自分を臆病だと思うことはないぞ。おぬしはまだ刀を抜くべき時にめぐり合っておらぬだけなのだ」

庄三郎に言われて颯太は顔を上げた。

「そうなのでしょうか」

庄三郎は颯太の目を見つめた。

「武士がいかなるときに剣を抜くかは天が定めておる。そのときが来るまではみだりに剣を抜いてはならぬ。天の意に従い剣を抜くのが武士の務めなのだ」

庄三郎の言葉は颯太の胸に沁みた。

吉通が庄三郎の家に来たおり、平吾と哲丸に邪魔をさせないために短刀を構えたときは、刀を抜く覚悟が出来ていた。

だが、今日、お春をかばったときには、あの勇気が出てこなかった。斬りかかってきた武士たちを斬らずに抑えるだけの力が欲しいと思った。その力がないために、刀を抜いたとしても相手を斬る覚悟は出来ていなかったのだ。

（だから、刀が抜けなかったのか）

颯太はようやく自分の心持がわかった。それと同時に、庄三郎が助けてくれなければあのまま斬られて死んでいたのかもしれない、とあらためて思った。

武士は覚悟が出来ていなければ、斬られて死ぬしかないのだと思うと、また体が震えた。

ふと気がつくと、庄三郎が見つめている。颯太は情けない思いがした。

「檀野様、やはりわたしは不覚悟な臆病者です」

「そのことがわかっているそなたは、すでに大きな勇気を持っているのだ。少なくとも昔のわたしよりもな」

「檀野様よりも？」

「そうだ。昔、亡き義父上、戸田秋谷様のもとに参ったころのわたしは、おのれの命が助かりたいと思うだけの臆病者だった。ひとの命をわが命のように大切だと思えるようになったのは、義父上のおかげだ。いや、義父上だけではない。お春の兄、源吉のおかげでもあった。まことの勇気とは相手を斬ることではない。おのれが大切と思うひとのために命を投げ出して動じない心だ」

颯太は心を澄ませて庄三郎の言葉に聞き入った。

かつて庄三郎も、いまの自分と同じように戸田秋谷というひとの言葉に聞き入ったのではないだろうか、と思った。

十三

暗闇から白刃が襲いかかってくる。

――斬られた
颯太は悲鳴を上げて目覚めた。

寝汗をぐっしょりとかいていた。寝間着の袖で顔の汗をぬぐった。ふと見ると、雨戸の隙間から光が差し込んでいる。

「いけない」

颯太は跳び起きた。

いつもは夜が白み始めるころに家を出て、城へ向かう。登城の太鼓が鳴るときには、城門の前に並んでいなければならないからだ。

颯太はあわてて着替え、袴をつけると、板の間に出た。すでに薫と桃が朝餉の支度をしている。味噌汁のいい匂いが漂っていた。

颯太は囲炉裏端に立つと竈の前にいる薫に、

「檀野様はもう出られたのでございますか」

と訊いた。薫は振り向いて、

「ええ、今日は薬草に虫がついていないか見なければならないと仰せで、早くに出かけました」

「いつもわたしの方が早く出ているではありませんか。どうして起こしてくださらなかったのです」

颯太がうらめしげに言うと、薫はくすりと笑った。

「でも颯太さんは、今日は非番ではありませんか」

えっと颯太が息を呑むと、桃がくすくすと笑った。颯太は気を取り直して、

「そうでした。今日は月に一度の非番でした」

としかつめらしく言った。

薫は微笑んで、

「では、さっそく朝餉にいたしましょう。颯太さんにお頼みしたいこともありますから」

と言いながら、味噌汁の鍋を囲炉裏に持ってくると自在鉤《じざいかぎ》にかけた。

味噌汁の匂いをかいで、颯太の腹が、ぐぅっと鳴った。

颯太はこほんと空咳《からせき》をして板敷に座った。桃が膳を持ってきて、茶碗にご飯をよそう。

沢庵《たくあん》の小皿と味噌汁の椀《わん》が置かれる。

薫と桃の膳もととのえられた。

颯太は薫たちとともに手を合わせて、

「いただきます」

と言ってから、箸をとった。食事の間はめったに話さないが、薫の頼み事が気になった颯太は、

「なにか、わたしに用事があるのでしょうか」

と訊いた。薫は箸を置いてから、

「旦那様のところにお昼のお弁当を届けていただきたいのです。いつもはお出かけのときにお渡しするのですが、今日はその暇がありませんでした。薬草園の場所は桃が知っていますが、近頃蛇が出て怖いそうなので、ついていってやってほしいのです」

と言った。颯太はにこりとした。羽根に来たばかりの頃は颯太も蛇が怖くて仕方がなかったが、寅吉たちと遊ぶうち、すっかり慣れてしまっていた。

「なるほど、桃さんは蛇が怖いのですね。わたしも以前は怖かったが、いまでは平気

だな。蛇がいたらつかまえてあげます」

反《そ》り返るようにして颯太が言うと、桃は不満そうに、

「蛇は気味が悪いから嫌いなだけです。つかまえてほしくなどありません」

と言った。

「へえ、そうですか」

颯太がまた揶揄するように言うと、桃は箸を置いて薫に顔を向けた。

「母上、わたし、ひとりで参ります」

意地を張って桃が言うと、薫は笑った。

「なんですか、ふたりとも、子供みたいに。颯太さんには、一度、旦那様の仕事ぶりも見ていただきたいのでお弁当を届けていただくのです。桃はその道案内役ですから、行ってもらわないと困ります」

薫に言われて、桃は得意げな顔をした颯太に顔を向けた。

「わたしが行かないと颯太様は道がわからないのでしょう。しかたないから行ってさしあげます」

颯太は胸の中で、

――女子《じょし》と小人《しょうじん》とは養い難《がた》し

とつぶやいて返事をしなかった。それよりも、今朝方の夢を思い出していた。近頃、斬られそうになる夢をよく見る。

ひと月ほど前、月の輪様の家来に危《あや》うく斬られそうになったからだということはよくわかっていた。

(本当に怖かった)

颯太は情けない気持で思い出した。庄三郎は、自分を臆病だと思うことはない、おぬしはまだ刀を抜くべき時にめぐり合っておらぬだけなのだ、と言ってくれた。だが、日がたつにつれ、やはり自分は臆病なだけだ、と思えてきた。こんなことではこの先、武士として役に立つ者になることはかなわないだろうし、生きていることさえ虚しいのではないか、などと夜中に考えて眠れなくなることもしばしばだった。

朝になれば、腹は減っているし、朝の光を浴びただけで何となく希望が持てる気分にもなるのだが、夜になると再び自信がなくなるという繰り返しだった。

(こんなことじゃ駄目だ)

颯太は自分に言い聞かせながら、ご飯をかき込んだ。炊き立てのご飯がたいそう美《お》味《い》しく、気が晴れていく。

薫と桃は颯太が勢いよくご飯を三杯おかわりするのを見て、くすくすと笑った。

朝餉を終えると、颯太は桃とともに家を出て、薬草園に向かった。薬草園のまわりは田んぼになっており、小道を通っていかねばならないが、さほど遠くはなかった。

板塀に囲まれた薬草園が見えてくると、桃は嬉しそうに、

「あそこです」

と指さした。

桃は庄三郎が薬草園の仕事をしていることを誇らしく思っているらしい。

薬草園を造ることについては、八代将軍吉宗《よしむね》が熱心だった。

朝鮮から対馬《つしま》藩が輸入していた高麗人参《こうらいにんじん》の国内生産を考え、享保《きょうほう》六年（一七二一）に江戸・小石川《こいしかわ》に御薬園《おやくえん》を整備した。

だが、土地などが合わず、小石川御薬園は高麗人参の栽培には成功しなかった。それでもキキョウ、ボウフウ、ビャクブ、ジオウなど百十四種の薬草が栽培されることになり、江戸城で使われる薬を賄《まかな》ったという。

九州では、長崎奉行の川口摂津守《かわぐちせっつのかみ》が延宝《えんぽう》八年（一六八〇）に、唐船《からふね》によってもたらされた薬草を植栽するために長崎の十善寺郷《じゅうぜんじごう》に薬草園を開設したのを始め、島原《しまばら》、熊本《くまもと》、薩摩《さつま》、福岡《ふくおか》、久留米《くるめ》各藩でそれぞれ薬草園を造った。

庄三郎は薬草園で、高麗人参のような高価なものではなく、野山にある薬草を栽培していた。

たとえばドクダミである。「毒痛み」がなまって「ドクダミ」という名になったと言われるが、名の通り、毒や痛みに効《き》く薬草だ。十種類の薬並みの効果があるとして、

——十薬《じゅうやく》
とも呼ばれる。また、かわいらしい白い花をつける薬草、イタドリもある。茎《くき》が杖になりそうなほど太く、虎の縞《しま》のような斑紋《はんもん》があることから、

——虎杖
とも書く。若芽をもむと傷薬になるほか、咳止めや利尿などにも効果がある。「痛み取り」が転じて「イタドリ」になったと言われることもある。

庄三郎は薬草について、夕餉の後で颯太や桃によく話した。

「目立たず地味な薬草のほうが、病に効果があるようだ。これはひとも同じではないか、と思う。いかにも役にたちそうで派手やかにしている者ほど、いざというときには役にたたぬ。つつましやかにひっそりとしているが、危ういときにこそ助けとなるような武士でありたいものだ、とわたしは思っている」

颯太は庄三郎の言葉を思い出しつつ、板塀の中に入った。畝《うね》が続くあたりに、庄三郎が百姓たちとかがみ込んでいる後ろ姿が見えた。

颯太とともに近づいた桃が、

「父上様、お弁当をお持ちしました」

と庄三郎に声をかけた。庄三郎は立ちあがって振り向いて、

「おお、桃が弁当を持ってきてくれたのか」

と喜んだ。そして颯太にも目を向けた。

「颯太も来てくれたのか」

颯太が、はい、とうなずくと、

「おい颯太、ひさしぶりだな」

と声がかかった。見ると、庄三郎のまわりにいた百姓は、颯太の遊び仲間だった寅吉と権助に三太だった。

「なんだ、おまえたちか」

颯太が笑顔で言うと、寅吉が人のよさそうな顔をくしゃくしゃにして、

「なんだじゃないいちゃ。お城勤めするようになってから、すっかりご無沙汰だぞ」

と言った。権助は、唇を尖《とが》らせて不満そうに続けた。

「お侍になったから、おれたちとは付き合えんちゃか」

三太は、目を丸くしておどけた顔で、

「檀野様の弁当運びをしているところを見ると、さてはお役目をしくじったんじゃろ。そうだとしたら、かわいそうちゃ」

と言った。颯太は苦笑した。

「今日は非番だから家にいただけだ。それに、お勤めで毎日お城に詰めているのだから、以前のように顔を合わせられなくなるのもしかたがないだろう。責められても困る」

寅吉たちは、どうだかわかるもんか、と言い合った。

庄三郎が話に割って入って、

「おまえたちも、いつまでも子供ではあるまい。一緒に遊ぶ話ばかりするな。それよりも、わたしが訊いたことに答えろ」

と言った。寅吉たちは腕を組んで、うーんと考え込んだ。

「檀野様、どうしたのですか」

颯太が訊くと、庄三郎は眉をひそめて、

「もぐらだ」

と答えた。颯太は目を丸くした。

「もぐらがいるのですか」

「そうだ。どうも、もぐらが巣を作っているようだ。もぐらが巣を作れば、薬草の根を荒らされるし、土も悪くなる。それで、どうしたものかいい知恵を貸せと、この三人を呼んだのだ」

なるほど、と颯太は思った。

もぐらのことはよく知らないが、畑にもぐらが穴を掘ると作物が育たないという話は聞いたことがあった。寅吉が重々しく、

「檀野様、彼岸花《ひがんばな》の根には毒があるそうで、それを嫌うもぐらは彼岸花のあるところには穴を掘らんち聞いたことがあるちゃ」

と言った。庄三郎は首を横に振った。

「たったいま、どうにかしたいのだ。彼岸花を植えているような暇はない」

すると今度は権助が前に出てきて、得意そうに口を開いた。

「もぐらはいやな臭いが嫌いだそうだから、するめを穴に放り込んだらいなくなるちゃ」

「ここにするめなどないではないか」

庄三郎はにべもなく言った。権助はちょっと困惑した表情を浮かべたが、

「なら、しかたないっちゃ」

と諦めを口にした。三太もうなずく。どうやら、庄三郎が知恵を借りようとした三人はあっさり手を引いたようだ。やむなく颯太は口を出した。

「もぐらはいやな臭いが嫌いだというなら、松葉を燃やしていぶしたらどうでしょうか」

「いぶす、か。効き目があるかどうかはわからんが、それならいますぐにできるな」

庄三郎はあたりを見回して松の木を見つけると、三人に向かって、

「おい、おまえたち、松葉を集めてこい。燃やすのはわたしがやるから、松葉を取ってきたら帰っていいぞ」

と言った。寅吉と権助、三太の三人は、顔を見合わせてにこりと笑った。さっそく松葉を搔《か》き集めてくると庄三郎が燃やし始めた。

ごほん、ごほんと庄三郎が苦しげに咳《せ》き込む様子を見ながら、

「颯太、ちょっと付き合わねえか」

と寅吉が颯太を誘った。

「付き合うって、何だ」

颯太が怪訝な顔をすると、権助が顔を近づけてきて囁いた。

「網打ちちゃ」

「網打ち？」

颯太が思わず声を高くすると、三太があわてて颯太の口を押さえた。

「大きな声で言うたらいけん。網を打って川で鯉《こい》を獲《と》るっちゃ。寅吉が大きな鯉が何匹もいる淵《ふち》を見つけたんよ」

「そんなことを、なぜこそこそ言わねばならんのだ」

颯太は首をひねって言いかけたが、はっとした。

「まさかおまえたち、明神淵《みょうじんぶち》の御留《おと》め場《ば》で網打ちしようというんじゃあるまいな」

羽根藩城下には高坂川と尾木川《おぎがわ》が流れているが、このうち、尾木川の明神淵は御留め場となっていて、網を入れることも釣りをすることも許されていない。

明神淵は鯉が多いことから、藩では主君の膳に供する鯉を獲るのが習わしになっていた。そのために流れに堰《せき》を造って淵を囲っていた。堰があまり高いと流れを止めてしまうので低くしており、一定以上水がたまると、そのまま堰を乗り越えて流れるようになっていた。

寅吉があわてて手を振った。

「そうじゃないちゃ。去年の大雨で尾木川の流れが変わったちゃ。いままでの流れが曲がって明神淵の下流に新しい淵が出来た。そこに鯉がいっぱいおるっちゃ」

「しかし、それは明神淵にいた鯉だろう」

颯太は疑わしげに言った。すると権助が、にやりと笑いながらつけくわえた。

「颯太、鯉にはどこそこの鯉だなどと書いてはないちゃ」

なるほど、と颯太は思った。

十四

颯太は、寅吉や権助、三太とともに尾木川の新しい淵に向かった。網は三太が担いでいる。いつのまにか寅吉と権助は腰に大きな魚籠《びく》を括《くく》りつけていた。

四人は尾木川をめざして急いだが、気がつくと桃もついてくるので、

「桃さんは家に帰ったほうがいい」

と颯太は声をかけた。

「どうしてですか」

桃に言い返されて返事に窮《きゅう》した颯太は、寅吉たちと顔を見合わせた。すると、桃

は四人を見回して、

「御留め川で網打ちをするのでしょう」

と厳しい口調で言った。颯太は顔をしかめた。

「いや、御留め場である明神淵に行くわけではない。新しく出来た淵に行くのだ。お達しに背くわけではないから安心しなさい」

颯太がいかにもおとなびた口調で言うと、桃は頭を横に振った。

「信じられません。だからついていきます」

颯太は寅吉たちと再び顔を見合わせてから、桃に向き直って、

「わかった」

と一言だけ言った。

胸の中ではまたしても、女子と小人とは養い難し、とつぶやいていた。

尾木川に着いてみると、確かに川べりが大きくえぐられて流れが変わっている。明神淵は土手が崩れて土が流れ落ちたらしく、川底が浅くなり、堰も川面《かわも》に露出していた。

明神淵から一町《ちょう》ほど下流に、川べりがえぐれて新たに深い淵が出来ていた。大雨で流されてきたらしい大きな石が堰《せ》き止める形になっている。

「ここっちゃ」

寅吉がそう言いながら、土手からのぞき込んだ。颯太もつられてのぞき込み、あっと息を呑んだ。川は思いのほか澄んでおり、大きな鯉が何匹も泳いでいるのが見えた。

権助が舌なめずりして、

「網を打ったら獲り放題に違いないちゃ」

と興奮した口調で言った。

すると早くも三太が網を手にして、

「まず、おれからっちゃ」

と言うなり、土手を下り出した。颯太たちも続く。三太は拍子《ひょうし》をつけて、
ほうらっ
と言うなり、網を打った。網は、ふわっと広がり、水面《みなも》を打った。ばしゃ、ばしゃ、と鯉が跳ねる。三太はすばやく網を引き寄せた。網の中で大きな鯉がぴちぴちと跳ねていた。

「大きいな」

うらやましげに言った寅吉は淵をのぞき込んで、

「よっぽどここは居心地《いごこち》がいいんだな。鯉が逃げないっちゃ」

とつぶやいた。三太が鯉を魚籠に移すと、権助は網を取って颯太に突き出した。

「やってみるか」

颯太は目を輝かした。

「いいのか」

「ああ、たまには遊べ」

権助は、にやっと笑った。

颯太は網を受け取ると、淵のそばに立った。

えいっ
気合とともに網を打った。だが、網は広がらず、ばしゃっと音を立てて川面に落ちただけだった。

「それじゃ、駄目ちゃ。もっと腰を落として半身になって、網を前に送り出すみたいにするっちゃ」

三太が颯太の肩や腰を叩きながら教えた。颯太は構え直して、
とおっ
と再び気合を発した。

陽光にきらめきつつ、網がふわっと広がった。川面に落ちて沈んだ瞬間、手応《てごた》えがあった。

「引くっちゃ」

三太が声をかける。颯太はあわてて網を引き絞る。たぐり寄せてみると、網の中で大きな鯉が跳ねていた。

寅吉たちが、わあっと声を上げ、桃も嬉しげに、

「すごい」

と叫んだ。颯太も得意げに網の中の鯉をつかまえて、日の光にかざした。そのとき、

「颯太、何をしておる」

と声がかかった。はっとして振り向くと、土手の上に愛馬の淡雪に乗った吉通がいる。その供をしているのは平吾と哲丸だ。さらに五人ほど藩士が従っている。

「殿、どうしてここへ——。本日は野駆けのご予定はなかったはず。どのようにしてご重役方の許しを得たのでございますか」

颯太は鯉を三太に放るように渡すと土手を駆けあがり、吉通の前に転がるように跪いた。その様をいかにも楽しげに見ていた吉通は、

「許しなど得ておらぬ。重役どものおらぬ隙を見て出てきたまで。勝手に外出《そとで》をされてはわれらは切腹ものだなどとうるさいゆえ、ほれ、あの通り、いらぬ者まで連れてくるしかなかった」

　そう笑って答えた後、続けた。

「ちと訊きたいことがあって、檀野庄三郎を訪ねるところだ」

　吉通の言葉に颯太は頭を下げて、

「わたしがご案内つかまつります」

と言った。だが、吉通は淵のそばに立つ寅吉たちを見ながら不機嫌な顔になった。

「そなた、非番であることをよいことに、網打ちをしておったのか」

　哲丸が傍らから、

「殿、尾木川は御留め川でございます」

と言い添える。

「なんだと」

　吉通が顔を引き締めると、颯太はあわてて口を開いた。

「御留め場は、殿の膳に供する鯉を獲るための明神淵でございます。されど、この淵は昨年の大雨で新しく出来ましたものゆえ、御留め場ではございません」

平吾が、じろりと颯太を睨みつけた。

「馬鹿なことを申すな。明神淵が御留め場なのは、尾木川が御留め川だからだ。新しい淵であろうが尾木川である以上、御留め場であることに変わりはない。おぬしら一人残らず、お咎めを受けることになるぞ」

颯太が息を呑んで言葉を失うと、

「そういうことだ」

と吉通は言いつつ、淡雪から下りた。さらに土手を下って淵のそばに立ち、

「網を貸せ」

と言って三太に手を突き出した。三太が恐る恐る網を渡すと、吉通は半身に構えてから、二、三度、土手に向かって網を打った。

やがて網がふわっと広がるようになると、淵に向かって立った。

やっ
気合とともに網を打つ。網が見事な円形に広がり川面に落ちた。吉通が網を引き揚げると鯉が入っていた。

吉通は、呆然としている颯太を見上げて満足そうに、

「やはり、わたしは何をしてもうまいな」

とつぶやいた。

吉通は三太に命じて鯉を魚籠に入れさせると、土手をあがり再び淡雪に乗った。

「鯉はすべて檀野庄三郎への土産《みやげ》といたすゆえ、持って参れ」

そう言うと、吉通は馬首をめぐらし、背中を向けて、

「いま、その淵で鯉を獲ったのはわたしだ。御留め場であろうとも、藩主自ら鯉を獲るのは何の差し障りもあるまい」

とさりげなく言った。颯太たちが御留め場で鯉を獲ったことが咎められぬように、吉通は自ら鯉を獲ったのだ。

「かたじけのうございます」

ほっとした颯太が淡雪の前に出ると、吉通はうるさげに、

「さっさと案内せい」

と大声で言って馬腹を蹴った。

颯太があわてて走り出すと、寅吉たちも土手を駆けあがって続いた。寅吉たちは、吉通が自分たちを咎めない慮りを示してくれたことに感激して懸命に走った。

やがて薬草園に差しかかったとき、吉通は目をこらしてつぶやいた。

「何じゃ、あれは――」

薬草園から白い煙がもくもくと空に立ち昇っていた。

「見て参ります」

颯太は叫ぶように言うと、走り出した。

白い煙は庄三郎がもぐらをいぶすために松葉を焼いているのだろうと思ったが、それにしては煙が出過ぎてはいないか。

颯太が薬草園に近づくと、板塀の間から庄三郎が出てきた。顔を泥で汚し、ひどく咳き込んでいる。

「どうしたのですか」

颯太が駆け寄って訊くと、

「もぐらめ、どうやら穴をあちこちに掘っているようだ。いぶそうとすればするほど煙が広がるばかりで、こちらがいぶされた」

と庄三郎は苦しげに答えた。

その様子を吉通が馬上から見つめていた。

吉通は庄三郎の家に着くと、今日は颯太だけでなく、平吾と哲丸も引き連れて板敷にあがり、護衛の藩士たちは外で待たせた。寅吉たちは鯉を台所の薫に届けた後、何となく土間の隅にひかえた。吉通も、それでよいという顔をしていた。

薫は吉通に茶を出し、土産に鯉をもらったことの礼を言上した。

吉通は笑って、

「非番だからとはいえ、御留め川で鯉を獲っていたうつけ者がいたのでな、鯉の獲り方を教えてやったのだ」

と言った。颯太はうつむいて肩を落とした。

井戸端で顔を洗ってきた庄三郎は笑いながら訊いた。

「して、本日の御用の向きは何でございましょうか」

吉通は、うむ、とうなずいた。

「わたしは面倒なことは嫌いだから、はっきり申す。近々、厄介なことが起きそうだ。そのときの心構えを、そなたなら教えてくれるのではないかと思ったのだ」

「いかなることでございましょう」

庄三郎は静かに吉通を見つめた。

「先ごろ、月の輪殿が江戸に赴かれたことは知っておろうな」

黙って庄三郎はうなずいた。

「今日、江戸表より書状が届いてな。江戸家老の松尾卯兵衛《まつおうへえ》が申すには、ご老中より月の輪殿に、わたしの後見役になるようにとのお達しが下ったそうな。その使者が間もなく月の輪殿とともに羽根に来られるとのことだ」

「なんと」

月の輪様が江戸に出て、親戚筋の旗本や幕閣に働きかけて何事かを画策することはわかっていた。だが、まさか、老中から後見役に任じるという話を引き出すとは思わなかった。

「これで、月の輪殿が国許に戻れば、わたしの上に立つことになる。わたしは藩主とは名ばかりの飾り物になってしまうのだ」

吉通は悔しげに言った。傍らの平吾と哲丸も唇を嚙みしめている。寅吉たちは、自分たちが聞いてよい話ではないと慌てているように見えた。

颯太はただ、何ということだ、と思った。

月の輪様については、悪い評判しか聞いていない。その月の輪様が吉通をしのいで権勢を振るうことになれば、わが藩はどうなるのだろう、と危惧《きぐ》した。

しばらく黙考していた庄三郎が、ゆっくりと口を開いた。

「それで、殿はいかようにあそばしたいのでございますか」

「わからぬ。老中の意向とあれば逆らうわけにはいかぬ。しかし、わたしにも武門の意地がある。あの月の輪殿にあれこれ指図されるかと思うと業腹《ごうはら》だ」

「では、指図されねばよろしいではございませんか」

庄三郎はあっさりと言った。

「それでは家中に争いが起きるではないか」

「争いを恐れては、却《かえ》って家中はまとまりますまい」

庄三郎の言葉に、吉通はしばらく考えてから、

「戸田秋谷ならばかような場合、いかがしたであろうか。あらゆることをおのれひとりの胸に秘めて耐えたのではないか」

とうかがうように言った。

庄三郎は微笑した。

「それは家臣としての道を守ったからでございます」

「同じ武士であっても、家臣の道と主君の道は違うものなのか」

吉通は目を瞠った。庄三郎はうなずく。

「家臣たる者の道は主君に仕えることでございます。すなわち、主君が領内を平安に治め、領民に安寧《あんねい》をもたらすために、お助けいたし、その命《めい》のもと死ぬのでございます。そして主君は自ら領国を治め、家臣領民を守るために死ぬのです。されば、主君

たる者がひとの指図を仰いでおりましては、家臣領民のために死ぬ者ではなくなります」

庄三郎の言葉を聞いて、吉通は考え込んだ。

「そうか。主君たるものは、家臣領民を守るために死ぬのか」

「その覚悟なくば、主君となるべきではございません」

きっぱりと庄三郎に言われて、吉通はごくりとつばを呑んだ。

「では、月の輪殿のこと、いかがしたらよいであろう」

吉通に訊かれて、庄三郎はにこりとした。

「それがし、薬草園を荒らすもぐらにただいま手こずっております。それはもぐらが地中にあって姿を現さぬゆえでございます。穴から出て、日の光に姿をさらしたもぐらは恐るるに足りません。月の輪様も同じでございます。屋敷に閉じ籠もり、ひと目につかぬところにいるからこそ手強《てごわ》かったのでございます。それが後見役として表に出てくるのであれば、いたしようはございます。もぐら同様、恐るるに足りません」

「そうか、なるほど。月の輪殿はもぐらか」

吉通は、ほっとしたように言った。

「さよう、この世に正義の光があることを知らぬ土中のもぐらにございます」

庄三郎は、からりと笑った。

吉通と庄三郎の話を聞いていた平吾と哲丸、さらに土間に控える寅吉や権助、三太、桃たちも粛然《しゅくぜん》となった。

その時、颯太はなぜか体が震えるのを感じた。武者《むしゃ》震いだ、と思おうとしたが、本当にそうなのかはわからなかった。

十五

数日後——。

水上岳堂のもとに江戸から書状が届いた。

江戸屋敷の奥女中となった佳代からの手紙だった。

居間で書状を読んだ岳堂は目を瞠り、ううむ、とうなった。佳代の手紙には容易ならぬことが書かれていた。

江戸家老の松尾卯兵衛が側用人《そばようにん》の林《はやし》伝内《でんない》と屋敷内で密談しているのを、たまたま廊下で立ち聞きしたのだという。

卯兵衛は伝内に、

「まことに月の輪様には困ったものだ」

と愚痴を洩らした。

「いかがされたのでございますか」

伝内は声を低めて訊いた。

「先だって、月の輪様は旗本のご親戚筋を回り、そのお口添えでついに老中の水野《みずの》相模守《さがみのかみ》様にお会いされたそうな。たいそうな金を使われてな」

「藩財政が窮乏のおり、もったいない話でございますな」

伝内はため息をついた。卯兵衛は苦々しげに言葉を継いだ。

「それだけならまだよいが、月の輪様は水野ご老中に会われた際、藩主の後見役となるよう勧められたと言われておる」

「後見役、でございますか」

伝内は驚いたように訊き返した。

「うむ。わが藩ではかつて例のないことだ」

「他藩にても主君が病床に臥《ふ》されているか、よほどの幼君の場合だけでございましょう」

嘆じるように伝内は言った。

「そうだ。吉通公はこれからのお方だ。なまじ後見役などがつけば、藩主としての心構えが損《そこ》なわれるやもしれぬ。さらに、月の輪様に家中で権勢を振るわれたら騒動のもとになりかねん。それにな——」

卯兵衛は声をひそめた。伝内は身を乗り出して聞く気配だ。

「月の輪様は、水野ご老中の言葉をご親戚の旗本、八尾新左衛門《やおしんざえもん》様より国許に伝えていただくと申されている。ご老中からの使者としてな」

「それはいかなるわけでございますか。通例ならば、そのようなおりには、幕府の相応の役職にあるお方が遣わされるはずではございませんか」

伝内は訝るように言った。

「その通りだが、大名家の内々のことならば親戚筋の旗本からということがないわけではない。しかし、どうも怪しい。水野様からの書状はなく、八尾様は口頭にて後見役のことを伝えられるそうだ」

「それはおかしゅうございますな。仮にも藩主の後見役ともなれば、お達しの書状があってしかるべきでございませぬか」

「そうなのだ。それゆえ、わしもいろいろ探《さぐ》ってみた。どうやら水野様からは、若い殿の相談相手になられるがよいとの、いわば挨拶程度の言葉があっただけのようだ」

「なるほど。それを月の輪様は解釈を曲げて利用しようとしておられるというわけでございますな」

伝内が舌打ちするのが聞こえた。

「そうだ。もともと江戸に来られたのは、最初からそれが狙いであったのであろう」

「それで、いかがなさいますか。まさか藩政に関わるかような詐術《さじゅつ》を、このまま見過ごすわけには参りませんぞ」

意気込んで伝内は言った。

「そうは言うが、月の輪様が水野様に会われ、なにがしかのお言葉をいただいたのは確かだ。しかもそのことの証《あかし》として八尾様が国許まで出向かれるというのだ。後見役のことは嘘だ、と言う隙がないではないか。もし、そんなことを言い立てても、わしの首が飛ぶだけのことだ」

卯兵衛は当惑したように言った。

「なるほど、さようですな」

「これは、国許の者に何とかしてもらうしかあるまい」

「だとすると、動くのは戸田順右衛門ぐらいでしょうな」

「そうだ。あの男しかおらぬと思うが、わしはもともと派閥が違うし、話をしたこともない」

「そうですな。戸田に親しんでおるのは、若い者たちだけですからな」

思いめぐらしながら伝内は言った。

「戸田順右衛門は派閥を嫌って交わろうとせずにきたゆえ、かようなときに困る」

「まことにさようです。なんぞ手立てがないものでしょうか」

ふたりの会話はそこで途切れ、聞き取れなくなったため、佳代はその場を離れた。

『あるいは、松尾様と林様はわざとわたくしに話を立ち聞きさせたのかもしれません。わたくしが国許から出てきたばかりで、国許へ頻繁《ひんぱん》に便りを出していることをご存じの上で』

佳代はそう書いていた。

岳堂は書状を巻きながら、老獪《ろうかい》な江戸家老の松尾卯兵衛なら、佳代にわざと立ち聞きさせるなど、いかにもしそうだ、と思った。

佳代が国許へ報せ、さらに順右衛門の耳に入ることを望んでいるのだろう。実際、佳代は自分のもとへ手紙で報せてきたのだ。いや、佳代が自分と親しい家の出であることも調べ上げたうえでのことかもしれない。

しかし、このことを順右衛門にどのようにして伝えたらよいのか、と岳堂は考え込んだ。やがて、この日の午後、門人が数人、岳堂の講義を聴きにくることに思い至った。

——そうか

岳堂はよい方法を思いついてうなずいた。

夕刻になって下城の太鼓が鳴ると、颯太は小姓部屋を出て大玄関へと向かった。履物《はきもの》を履いて大玄関から出たとき、

「もし、赤座殿でございますか」

と若い藩士から声をかけられた。

「さようです」

と答えると、

「それがし、水上先生の門人でござる。本日下城されたならば、水上先生の屋敷に必ずお立ち寄りくださいとのことです」

と若い藩士は言った。

颯太は、

「わかりましてございます」

と答えた。城門を出た颯太は、ひさしぶりに岳堂の屋敷に向かった。出仕するようになってからは、ほとんど毎日のように立ち寄っていたのだが、あの非番の日以来、急ぎ帰り、夕刻にも剣術の稽古をするようになっていたからだった。

岳堂の屋敷に着いて玄関に立った颯太が、

「赤座颯太でございます」

と声をかけると、奥から岳堂の応じる声が聞こえた。

颯太は式台にあがりながら、ふところの間までは佳代が足しげくこの屋敷に通ってきてくれていたのだ、と思った。

同じ屋敷なのに、佳代が江戸に行ってから、どことなく寂しく感じられる。それは、屋敷の主人の気持が表れるからではないのか。

(伯父上は、なぜ頑ななのだろう)

自らが幸せであることをためらうのがおとなであるのかもしれないが、それは、やはりもったいないことに思える。

わたしだったら、そうはしないな、と佳代の面影を脳裏に浮かべながら、颯太は奥に向かった。

岳堂は書斎にいた。

颯太が廊下で声をかけてから入ると、文机《ふづくえ》に向かっていた岳堂が振り向いた。

「そなたに来てもらったのは、頼みたい用事があってのことだ。この書状を、戸田順右衛門殿の屋敷に届けてもらいたい」

岳堂は二通の書状を颯太の膝前に置いた。

「戸田様はまだ城中だと存じます。御用部屋にお届けいたしましょうか」

颯太が言うと、岳堂は首を振った。

「いや、ひと目についてはまずいのだ。それゆえ、屋敷に届けてくれればよい。戸田殿の帰りを待たず、書状を置いてきてほしいのだ」

「わかりましてございます」

颯太がうなずくと、岳堂は少し考えてから口を開いた。

「もし、何かの間違いがあってはならぬから、書状の中身について話しておこう。一通は、江戸の佳代殿からわたしに宛《あ》てたものだ。もう一通は、わたしから戸田殿への書状だ」

江戸の佳代からの手紙と聞いて、颯太は緊張した。

「近々、月の輪様が江戸から戻られる。戻られたら、殿の後見役になるという話は聞いているか」

岳堂に訊ねられて、颯太は非番の日のことを思い浮かべた。

「はい。殿が檀野様にさように話しておられました」

「そうか。ならば話が早い。佳代殿の手紙は、江戸家老の松尾卯兵衛様が、月の輪様が後見役になるようにご老中が言われたというのは虚言だと思っている、と伝えてきておるのだ」

「虚言、ですか」

颯太は目を瞠った。

「驚くほどのことではない。月の輪様ならば、いかにもやりそうなことだ。しかし、月の輪様とご老中の話に立ち会った者はおらぬゆえ、虚言だと証《あか》し立てることはできぬ。だが、そのままにしておいては、月の輪様に政を壟断《ろうだん》されてしまう。それゆえ、戸田殿に立ってもらうしかない、と松尾様は思っておられるようだ。わたしも同じように思うということを、その手紙に書いた」

「そのような大切なお手紙ですか」

颯太は恐れるように目の前に置かれた二通の書状を見た。

「万が一にもこの書状が月の輪様に与《くみ》する者の手に渡れば、松尾様だけでなく佳代殿の身にも危難が及ぶことになる」

岳堂は淡々と言った。

「わかりましてございます。油断せず、お届けいたします」

颯太は緊張して言った。岳堂はうなずいてから、

「戸田殿の屋敷に参ったならば、書状を届けたうえで、息女の美雪殿にもひと目会っておくがよい」

「美雪様でございますか」

「そうだ。庄三郎の娘の桃殿より、ひとつ上であったろうか。なかなか美しい娘に成長されていると聞いておる」

美しい娘と聞いて、颯太は思わず顔が赤らむ。

「戸田様の娘御になぜお会いせねばならぬのでしょう」

颯太が訊くと、岳堂は微笑んだ。

「なぜということもないが、戸田殿は庄三郎と交わりを持たぬようになってひさしい。もう何年も、美雪殿は庄三郎一家と会ったことがあるまい。いずれまた会わせてやりたいと思うのだが、そなたが縁をつないでくれるのではないかという気がするのだ」

「はあ、さようでしょうか」

颯太は首をかしげた。

「ひとの縁は大切にせねばならぬ。わたしは佳代殿が江戸に行ってから、しきりにそう思うようになったのだ」

岳堂はつぶやくように言った。

そんな岳堂の顔を見て、颯太はため息をついた。それほどの気持があるのなら、伯父上こそ佳代様に会えばよいのに、と思った。

それができないのが、おとなの男と女なのだろうか。


岳堂の屋敷を出た颯太が戸田屋敷に着いたときには、すでに日が暮れていた。

門をくぐって、玄関先で訪いを告げた。

応じて出てきた家士《かし》に、水上岳堂からの使いだと言って、二通の書状を順右衛門に渡すように頼んだ。

かしこまりました、と答えた家士に、颯太はごほんと咳払いしてから、

「戸田様のご息女、美雪様にご挨拶をいたしたいのですが」

と言った。

「美雪様にでございますか」

武家を訪ねて、親戚でもないのにいきなり女人に挨拶する客は珍しいだろう。家士は訝しそうにしたものの、お伝えして参ります、と書状を手に奥に引っ込んだ。

しばらくして廊下にちらりと赤いものが見えたと思ったら、緋色《ひいろ》の着物を着た少女が出てきた。

「美雪でございます」

鈴を転がすような声で言って、美雪は頭を下げた。

岳堂が言った通り、色が透《す》けるように白く、ととのった顔立ちの美しい娘だった。

颯太は呆然としていたが、美雪に怪訝そうに見つめられているのに気づいて、

「赤座颯太と申します」

と懸命に言った。しかし、その後、自分のことをどう説明したらいいのかわからないことに思い当たった。

水上岳堂の甥だというだけでは、何とも言いようがない。思い余って、

「わたしは、いま檀野庄三郎様のもとにおります」

とかろうじて口にした。

美雪の顔が輝いた。

「檀野の伯父様のもとにいらっしゃるのですか」

「はい、さようです」

「わたくしは幼いころお目にかかったきりで、物心ついてからは伯父様にお会いいたしておりません。どのようなお方なのでしょうか」

美雪にそう訊かれて、颯太はどう答えてよいかわからず、頭の中が真っ白になった。思わず、

「いまはもぐらで苦労されております」

と口走ってしまった。

「まあ、もぐらで」

美雪は目を丸くした。

これではいけない、もっと何か庄三郎のよいところを言わなければいけないと、颯太は懸命に頭をめぐらした。しかし、なぜか頭が働かず、

「草笛がお上手です」

と言ってしまった。

庄三郎の家で暮らすようになった最初のころに、草笛の吹き方を教えてもらったことをなぜか思い出したのだ。

「草笛は、友を呼ぶ笛だと教えてもらいました」

美雪はうなずいた。

「ああ、それはまことにいいですね。わたくしは知るひとがあまりいませんので、そのような笛を吹いてもらうこともできません。もしかなうなら、いつかわたくしも笛を吹いて、友を呼びたいです」

微笑んで言う美雪に、颯太は力を込めて言った。

「わたしが吹きます」

「あなた様が――」

美雪は驚いたように颯太を見つめた。

「はい、美雪様のために、わたしが草笛を吹くのです」

もう一度繰り返した颯太は、突然恥ずかしくなった。

失礼いたします、と大声で言った颯太は、頭を下げるなり背中を向け、あっけにとられている美雪を残して門へと走った。

門をくぐると、颯太は一目散に駆け出した。どこかから、

ぴぃ――っ

という草笛の音が聞こえてくる気がした。

十六

月の輪様こと三浦左近が、江戸から親戚の旗本、八尾新左衛門とともに国許に戻ってきたとき、羽根藩は緊迫した。

左近は老中の水野相模守から藩主吉通の後見役を務めるように申し渡された、と伝えられていた。

新左衛門はそのことを伝えるために左近に同行してきたのだという。

だが、左近は月の輪村にある屋敷に入ると、城には旅の疲れで体調が悪いからあらためて登城すると伝えてきただけで、そのまま引き籠もった。

それでも、老中から申し渡されたからには後見役のことは本決まりだろうと、家中の者たちの中にはさっそく屋敷にご機嫌うかがいに行く者も出てきた。

左近はそれらの藩士たちを上機嫌で迎え、新左衛門とともに酒宴を開いてもてなした。

そんな藩士たちに左近の家士がそっと、新左衛門に金品を贈ることを勧めた。

「わがお館様はさようなものには目もくれられませぬが、江戸のお旗本は違います。格式が高いだけに台所は苦しゅうございます。贈り物をされれば、八尾様は喜ばれ、江戸表への聞こえがよくなり、ひいてはお館様もお喜びになります」

家士に囁かれた藩士は、次に訪れるときには必ず新左衛門への贈り物を用意してきた。

新左衛門は素直に喜び、贈り物を持ってきた藩士の名を何度も確かめて頭に入れる風だった。このため、左近の屋敷を訪れて新左衛門に挨拶しようとする藩士はしだいに増えていった。

いずれ左近が新左衛門と共に城中に乗り込んだあかつきには、いまご機嫌うかがいをした者たちは報われるに違いない。

そう考える藩士が多くなった。

こうなると、左近の屋敷を訪れる者は引きも切らぬ有様となり、年寄りの藩士たちを嘆かせることになった。

そんなある日、吉通は御座所で、

「どう考えているのだろうな」

と颯太に言った。

「何がでございますか」

颯太が首をかしげると、吉通はやれやれとでも言いたげに頭を振った。

「察しの悪い奴だな。月の輪殿のいまのやり方を、戸田順右衛門はどう考えているのだろうか、と申したのだ」

「ああ、さようでございましたか」

颯太がうなずくと、吉通はため息をついた。

「頼りないな」

「はあ？」

颯太は眉をひそめた。誰のことを言っているのだろうと思った。

「そなたのことだ。赤座颯太は頼りないとは思わぬか」

吉通は呆れるように颯太を見据えた。さすがに颯太はむっとして、

「頼りないかどうかは、危難のときにしかわからぬと存じます」

と答えた。

「いまが危難のときではないか。月の輪殿は江戸から戻りながら城にもあがらず、屋敷に籠もっておのれの味方になる者を集めている。いまや、城内は閑古鳥《かんこどり》が鳴いておる」

吉通は大げさに嘆いて見せた。

「閑古鳥は鳴かぬでしょう。御用がある者は毎日詰めておりますから」

颯太が冷静に返すと、吉通は、馬鹿め、だから颯太は馬鹿だと申すのだ、とわめくように言った。颯太は吉通の声が隣の控えの間にいる小姓たちに聞かれると体裁《ていさい》が悪いので、

「わかりました。では、月の輪様をどうすればよいか申せばよいのでしょう」

と口にした。

「おお、そうだとも。何か考えがあるのか」

「上意討《じょういう》ち――」

颯太はあっさりと言った。

「なに、上意討ちだと」

吉通の目が光った。

「さようです。月の輪様が登城されたおりに上意討ちするしか、禍根《かこん》を断つ手立てはないかと思います」

颯太は静かに言ってのけた。

「だが、相手は老中のお気に入りで、わたしの後見役を命じられているのだぞ。その

後見役を斬ることは幕府に逆らうことになる。そうなれば、わが藩はお取りつぶしになるだろう」

「月の輪様が後見役を命じられたというのは嘘だと思います」

颯太は自信ありげに断言した。

「なぜそう思う」

吉通は、じろりと颯太を睨んだ。水上岳堂から聞いたことを言いたかったが、それをいま口にするわけにはいかないと颯太は思い直した。

「もし、本当に後見役を命じられているのでしたら、帰国してすぐに城に乗り込んでくるはずです。それなのにこれだけ時をかけるのは、まことではないからだと思います」

「それを証し立てることはできるのか」

吉通から言われて、颯太は言葉に詰まった。

順右衛門のもとに届けた佳代からの手紙を示すことができたらよいのだが、それもできない。

そう言えば、あの手紙を受け取ったはずの順右衛門がいまだに目立った動きをしないのはなぜなのだろう。せめて吉通に話して不安を取り除いてくれればよいのにと思うが、順右衛門には何か考えがあるのかもしれない。

颯太が黙り込むと、吉通はうんざりした顔でそっぽを向いた。

「颯太が珍しく理にかなったことを言うから見直してやろうかと思ったが、やっぱり颯太は颯太だな」

「申し訳ございません」

やむを得ず颯太は頭を下げた。

吉通の度量がもう少し大きくなれば名君になれるのに、と颯太は思った。すると、そんな心の動きが伝わったのか、吉通が振り向いて、

「いま何か申したか」

と目をすがめるようにして訊いた。

「何も申しておりません」

颯太は素知《そし》らぬ顔で答えた。


この日、檀野庄三郎の家にはお春と母親が来ていた。

庄三郎は、お春をこれまで通り向山村に置いておいては左近の家士からどんな嫌がらせを受けるかしれないと考えて、村役人と相談をしていた。

その上で、お春と母親を水上岳堂の屋敷に住み込みで奉公させることにしたのだった。わずかながらあったお春の家の田んぼは庄屋に買い上げてもらった。

本来、百姓が村を出るのは容易ではないが、すでに男の働き手がおらず、母親も病がちであることを村役人も知っていた。このままお春たちが村にいても面倒なことになるだけだ、と村役人も思っていたようだ。

庄三郎の家の囲炉裏端に座ったお春は、

「本当におかあと一緒に水上様のもとに参ってよろしいんでしょうか」

とあらためて訊いた。庄三郎はうなずく。

「大丈夫だ。あの男は一人暮らしで不自由している。それにお春坊だけなら、若い女を屋敷に入れることは世間体《せけんてい》もあって憚《はばか》らねばならぬが、母御が一緒なのが却ってつごうがよいのだ」

薫もお春たちに茶を出しながら言葉を添えた。

「水上様は物のわかったお方ですから、安心しておいでなさい」

申し訳ないことです、とお春と母親は揃って頭を下げた。庄三郎が、

「岳堂は独り身だ。もし、縁あって岳堂とお春坊が結ばれるようなことがあっても、わたしはよいと思っているぞ」

と軽口を叩くように言うと、薫は眉をひそめた。

「旦那様、口が過ぎましょう」

いつになく厳しい薫の言葉に、庄三郎は首をすくめた。お春は悲しげにうつむいた。やはり順右衛門のことを忘れかねているのだ、と察した庄三郎は頭を下げた。

「すまぬ、いたらぬことを申した。許してくれ」

お春は顔を上げて、滅相もございません、と言った。傍らの薫はすまなそうな表情で、

「女子の気持は物をやりとりするように、思いのままにできるものではありません。旦那様はそのことがいまひとつおわかりではないのです」

と言った。女子の気持がわからないと言われた庄三郎はあごをなでながら、

「わが家にいる赤座颯太もときおりは岳堂のもとに参るであろうから、そのときはよろしく頼む」

と巧《たく》みに話柄を変えた。

「それは楽しみでございます」

お春がうなずくと、薫が口を挟んだ。

「颯太さんは先日、順右衛門の屋敷に手紙を届けにいかれて、順右衛門の娘の美雪に

会ったそうです」

お春は目を丸くした。

「颯太さんは戸田様のお嬢様に会われたのですか」

「はい。わたくしたちも幼いころの美雪にしか会ったことがありませんので、颯太さんが会ってくれてよかったと思います」

薫はやさしい目をして言った。お春は思わず、

「わたしもいつか美雪様にお会いしたいです」

とつぶやいた。薫はさりげなく言葉を添える。

「わたくしも会いたいと思っています。お春さん、いつか一緒に順右衛門の屋敷を訪ねましょう」

お春は嬉しそうに頰を染めてうつむいた。薫はさらに話を続けた。

「颯太さんが順右衛門のもとに届けたのは、水上様の隣家の娘御で、いまは江戸屋敷におられる佳代様という方の手紙だったそうです」

颯太は戸田屋敷に手紙を届けた後、庄三郎と薫には岳堂から聞いた佳代の手紙の内容を話していた。

「佳代様――」

お春は、薫が何事かを伝えようとしているのだと察した。

「そうです。佳代様は江戸に行かれてからも、水上様のお役に立ちたいと懸命に思われているようです。水上様も佳代様のことは憎からず思われていると思います」

薫が言うと、庄三郎は首をかしげた。

「さて、佳代殿はともかく、岳堂は学問一筋に生きようとしておるのだぞ。さように思っているかどうかはわかるまい」

薫はため息をついた。

「水上様は佳代様のお手紙を信じて順右衛門に託されました。憎からず思われているのでなければ、さように信じられはいたしますまい。男女の契《ちぎ》りは、まず信じることから始まると存じます」

庄三郎は薫の言葉を聞いて、

「ああ、なるほど」

とぽつりと言った。自分と薫の馴《な》れ初《そ》めのころを思い出したらしく、

「そう言えばわたしも――」

と言いかけたが、薫からじっと睨まれているのに気づいて、えへん、と咳払いすると口を閉ざした。

薫がさりげなく伝えてくれたことで、岳堂には佳代という女人が思いを寄せている
ことがわかって、お春は却って安心した。
さらに、もしかすると順右衛門の娘の美雪に会えるかもしれない、と思うと明るい
気持になった。
住み慣れた村を出る不安よりも、道が開けるかもしれないというわずかな期待の方
が上回っていた。そしてそれが、これから生きていく張り合いになるのではないかと
思った。
この日の午後、お春は向山村から手伝いにきてくれた男に荷物を持ってもらい、庄
三郎に案内されて母親とともに岳堂の屋敷に行った。
岳堂は聞いていた通り穏やかな人柄で、お春と母親に向かって、
「よく来てくれた。助かります」
と笑顔で言ってくれた。
お春と母親は畳に額がつくほど丁寧に頭を下げて、よろしくお願いします、と挨拶
した。
その後、お春たちがあてがわれた部屋に行って荷物を整理している間、岳堂と庄三
郎は書斎で話した。

「月の輪様は江戸より戻られたが、屋敷に籠もったままだ。戸田殿も目立った動きはしておらぬ。睨み合いといったところかな」

岳堂が言うと、庄三郎は頭を振った。

「いや、月の輪様は登城せず、その間に己《おの》が派閥に入る者を集めているのだ。その勢いは侮り難いらしいから、なかなかうまいやり方だな」

岳堂は首をかしげた。

「それにしても、戸田殿はなぜ動かぬのであろうか。このままではますます月の輪様が勢いづくだけではないか。うっかりすると、戸田殿だけが孤立することにもなりかねないように思うが」

「おそらく、敵と味方を見極めようとしているのだろう。しかし、月の輪様の屋敷に赴く者の中には、さほどの気持もなく、挨拶ぐらいのつもりの者もいるだろう。それなのに、順右衛門はそのような心持の者たちすら、敵と見なそうとしているのかもしれない。まことに鵙といういうしかないな」

庄三郎は順右衛門の仇名に触れてひややかに言った。

岳堂は苦笑した。

「まあ、さように厳しく言わずともよかろう。いずれ月の輪様と戦わねばならぬときには、ともに立ち上がらねばならぬふたりではないか」

「いや、順右衛門はひとりで戦おうとするだろう。昔から意固地《いこじ》なところがあるゆえ」

寂しげに庄三郎は言った。

岳堂はあえて慰《なぐさ》めの言葉はかけなかった。ふたりにしかわからぬ思いがあるのだろうと感じたからだ。ふたりとも戸田秋谷のように生きたいと願ってきたがゆえに、道が分かれてしまったのではないか。

(秋谷様の歩んだ道は、はたしてどちらの道であったのだろうか)

岳堂は昔に思いをめぐらすのだった。

十七

「そろそろお城にあがられてはいかがでしょうか」

月の輪様こと三浦左近にそう進言したのは、勘定奉行の原市之進と馬廻役の赤座九郎兵衛だった。

左近はこの日も屋敷で新左衛門と酒宴を開いており、挨拶に訪れた市之進と九郎兵衛が頃合いを見計らって、杯を置いて言い出したのだ。

左近は杯を口に運びつつ、

「もはや、行くとするか」

とつぶやいた。

——御意《ぎよい》
いったん頭を下げた市之進は、続けて、

「すでに屋敷に伺候《しこう》する者はほとんどが参りました。残るはあくまで月の輪様に逆らおうとする者だけでございます。もはや、潮時であろうかと存じます」

傍らの新左衛門が顔をほころばせた。

「それがよろしゅうござる。それがしも、いつまでも江戸を留守にしているわけには参りませんからな」

左近はうなずく。

「なるほど、そろそろよい頃合いかもしれぬが、その前に、できる用心はしておかねばならぬと思っておるのだ」

新左衛門が首をかしげた。

「できる用心、とはいかなることでござる」

左近は新左衛門には答えず、市之進と九郎兵衛に顔を向けた。

「わしが城にあがって用心せねばならぬことは何だと思う」

市之進は九郎兵衛と顔を見合わせたが、ふと気づいたように、

「もしや上意討ちを危ぶんでおられますするか」

と目を鋭くした。左近はうなずく。

「いかにもその通りじゃ。わしが藩主の後見役となることを喜ばぬ者もおろう。さすれば、わしが城中に入ったところで、上意討ちと称して斬ろうとするやもしれぬ。さしずめ、鵙などはやりそうではないか」

「戸田順右衛門が、でございますか」

市之進は眉をひそめた。

「そうだ。戸田は、藩のために濡れ衣を着たまま切腹した父親の戸田秋谷なる者に心酔しておるそうではないか。藩主の邪魔になると思えば、一身を擲ってでもわしを斬ろうとするのではあるまいか」

左近は目を光らせて言った。市之進は頭を横に振った。

「仰せではございますが、月の輪様はご老中の命《めい》により後見役になられるのでございます。そのようなお方をもし城中で殺《あや》めるようなことがあれば、わが藩はお取りつぶ

しになりましょう。忠義一筋の戸田には、とてもできぬことでございましょう」

市之進の言葉を聞いて、左近は腹を抱えるようにして大笑《たいしょう》した。その異様さに、市之進と九郎兵衛はぎょっとした。

やがて左近は笑いを収めると、ふたりをじろりと見た。

「その方たちも迂闊だな。あのような話を真に受けているのか。わしが老中から後見役になるよう命じられたというのは、まったくの偽《いつわ》りだ」

——なんと
市之進と九郎兵衛は息を呑んだ。

新左衛門は平然として口に杯を運んでいる。

「相手は幕府の老中、さようにこちらの思い通りには動いてくれぬわ。わが藩としてわしを後見役としたうえで願い出れば、お許しが出るやもしれぬ、ぐらいが関《せき》の山《やま》だ」

「それでは、初めから嘘だったのでございますか」

市之進は青ざめた。

「いかにも、その通りだ。これも武略だ。城に入り、後見役となることを宣すれば、後はどうとでもなる。だが、戸田はおそらくそのことを見抜いておろう」

「さようなのでございますか」

九郎兵衛が心配げに訊いた。

「江戸屋敷の者たちへはしっかりと釘《くぎ》を刺してきたゆえ、よもや表立った動きはするまいが、やはりかようなことは洩れるものだ。わしが城にあがるのを控えてきたのは、何が起きるか見極めるためであった。そして、もしあるとしたら上意討ちだな、と見定めたというわけだ」

九郎兵衛は膝を乗り出した。

「わかり申した。ご老中の命《めい》があろうとなかろうと、年若い殿に月の輪様が後見役につかれるのは当然のことでございます。ご登城の際には、われらが身を盾としてお守りいたします。どうぞ心安んじて城におあがりくださ い」

左近は薄笑いを浮かべて九郎兵衛を見つめた。

「さように申してくれるのは嬉しいが、わしは危ない橋は渡らぬ。それゆえ、城にあがるにあたって人質を取ろうと思う」

左近が言うと、新左衛門が酔った勢いで口を挟んだ。

「それはよい考えでござる。人質を取れば、敵も手が出せませぬからな」

左近はうるさげに新左衛門を見遣ると言葉を継いだ。

「戸田順右衛門にはたしか娘がおったな。わしにはいまだ正室がおらぬゆえ、その娘を正室に迎えてやろう。中老の娘が藩主後見役の正室となるのだ。あるいはその娘が子をなせば、いずれ藩主となる機会が訪れるやもしれぬ。戸田にしてもありがたい話であろう」

左近は、くっくっと笑った。

左近の嘘を知り、言葉を失っていた市之進は手をつかえて、

「されど、戸田の娘の年はいまだ十二、三ではありますまいか。嫁《か》するには早過ぎるのではありませぬか」

と言った。

「それもそうか」

左近は首をかしげて考えてから、

「ならばかようにいたそう。わしがいずれ妾にしようと思っていた村の女がおる。その女が妾となることを嫌って村を出て、城下で女中奉公をいたしておるそうな。さような我儘《わがまま》を許してはわしの面目《めんぼく》が立たぬ。ゆえに、戸田の娘をこの館に迎えるのと同時にその女を城下から連れ戻し、妾にいたそう」

と言い放った。

まことにそれがよろしかろうと追従《ついしょう》を口にする九郎兵衛の隣で、左近の暴虐《ぼうぎゃく》ぶりが募っていくのを目の当たりにした市之進は何も言えず、押し黙るしかなかった。

左近は何かに憑《つ》かれたかのように笑い、新左衛門はさらに杯を重ねていった。


三日後――。

評定《ひょうじょう》に出ていた吉通が御座所に戻ってきた。

評定の間には平吾と哲丸が付き添い、颯太は御座所に控えていた。吉通は眉間にしわを寄せて、何事か考えている。

颯太は茶坊主が点《た》てた茶を吉通の前に持っていった。

吉通は茶碗を見つめて、

――颯太
と声をかけた。颯太は、出した茶に何か粗相があったのかと茶碗を見つめた。

「茶ではない」

吉通はぶっきら棒に言った。そして話を続ける。

「評定に、どうしたらよいのかわからぬ話が出てまいった」

「わからぬ話とは、どのようなことでございましょうか」

颯太は片手を畳について訊いた。吉通は、うーん、とうなってから、

「月の輪殿は、城にあがる前に正室を迎えたいそうだ」

「奥方様を――」

「しかも、相手は戸田順右衛門の美雪という娘だそうな」

美雪の名を聞いて、颯太は愕然《がくぜん》とした。

そう言った吉通は、おい、そうだったな、と平吾と哲丸に確かめた。

平吾がおとなびた口調で、

「確かにさようでございました」

吉通はあごに手を遣った。

「この話は勘定奉行の原市之進が言い出したのだが、戸田は喜んでいなかったようだ」

哲丸が身を乗り出して、

「さようでございます。戸田様は苦い顔をしておられました。それだけでなく、人質か、とつぶやかれました」

と告げた。吉通はうなずく。

「それは、わたしにも聞こえた。それゆえ、この縁組話をどう思うと戸田に訊いた

が、はっきりとは答えなかった。戸田にしては珍しいことだな。わたしもどうしたらよいのかわからぬゆえ、しばし預かることにした。しかし、いったいこれはどういうことであろうか」

わかるか颯太、と吉通は声をかけた。颯太は呼吸をととのえてから、

「それは先日、わたしが申し上げたことと繫《つな》がる話だと思います」

吉通は首をひねった。

「そなたが何か言ったか。覚えておらんぞ」

颯太はうんざりした顔を隠すように、

「上意討ちです」

とはっきり言った。

「それが戸田の娘との縁組話と、何の関わりがある」

吉通は訝しげに訊いた。

「されば申し上げます。この先、月の輪様が後見役として城に乗り込んできたときに、上意討ちを仕掛けられるのは戸田様しかいないのではありませぬか」

吉通はまた、うーん、とうなった。そして、だろうな、と低い声でつぶやいた。

「それゆえ、月の輪様は戸田様の娘御を自分のもとに嫁がせ、万が一の場合の人質に

しようと考えられたのではありませんか。もし、戸田様が月の輪様を斬れば、娘御の命はないというわけです」

吉通はしばらく考えた後、

「確かに、颯太の申す通りだな。しかし、だとすると、この縁組を許したものかどうか」

とため息まじりに言った。颯太は膝を乗り出した。

「お許しになってはなりません」

颯太が言うや否《いな》や、平吾が、

「赤座、出過ぎたことを申すな」

と止めた。颯太は平吾を見て、嫌々《いやいや》をするように顔を横に振った。

「大事なことなのです。月の輪様を討つことができるのは、戸田様しかいません。その戸田様を縛る縁組など、許してはならぬのです」

平吾は颯太を睨んだ。

「だが、おまえの言う通り、戸田様が月の輪様を斬れば、そのままでは終わらぬぞ。戸田様は御一門衆を討った罪で切腹は免《まぬが》れぬ。戸田様の娘御も父の犯した罪により遠島か、領内所払いになるかもしれんぞ。そのことがわかって申しているか」

諭すように平吾に言われて、颯太は唇を噛んだ。

月の輪様の野望を止めるには上意討ちしかないと思うが、順右衛門がそれを行えば、戸田家が悲運に陥るのは目に見えている。そのことに考えがいたらなかった自分が悔しかった。

吉通は大きく伸びをしながら言った。

「颯太、そういうことだ。これは生易《なまやさ》しい話ではないのだ。ひとがその身を犠牲にして邪魔者を始末してくれるであろう、などということを考えてはいかん。武士ならば、まず自らがやろうとしなければならん」

颯太は、はっとして手をつかえた。

「それならば、わたしが仕《つかまつ》ります」

震えながら颯太が言うと、吉通は呆れたように、

――馬鹿者
と怒鳴った。

「月の輪殿を討つなど戸田にしかできぬことだと、先ほど自分で申したばかりではないか」

少しは落ち着いて考えろ、と言い足した吉通は首をかしげた。

「戸田の娘、ということは、檀野庄三郎の姪《めい》ではないか」

吉通が何か思いついた様子で口にした。

颯太と平吾、哲丸はうかがうように吉通を見て、何も言わない。颯太は、吉通が庄三郎の名を口にしたことで不安を覚えていた。

吉通はにこりとして、

「こういう話は本人に訊いてみねばわからぬ。戸田の屋敷を訪ねるわけにはいかぬゆえ、娘を親戚である檀野の家に呼び出せ。あそこで話を聞いてやろう」

としたり顔で言った。

また、庄三郎の家に忍びで行くのかと思った颯太が、

「殿、それは——」

と異を唱えようとすると、吉通は声を高くして言い渡した。

「主命である」

ふたりは吐息をつき平伏し、それを横目で見ていた颯太も、いつもこうだ、と思いながら平伏するしかなかった。

吉通が、戸田の娘はどのような女子であろうかな、とつぶやいた。

十八

この日、下城した順右衛門は、部屋に美雪を呼んだ。まだ乙女《おとめ》でしかない美雪を見ると胸が痛んだが、

「そなたに縁組の話があった。まだどうなるかわからぬことだが、かかることは女の身として知っておいたほうがよいと思うゆえ、話しておく」

美雪は、どなたとの縁談でしょうとも問い返さず、ただ目を丸くして順右衛門を見つめている。

順右衛門は顔色を変えずに話した。

「お相手は月の輪様、すなわち三浦左近様だ。今日の評定のおり、勘定奉行の原殿より、月の輪様がさようなご意向であると告げられた。殿のお許しを原殿は願われたが、殿は少し考えたいと仰せになられ、すぐには許されなかった」

「それでは、まだどうなるかわからないのでございますね」

美雪はか細い声で言った。

「だが、月の輪様は、この縁組がととのったならば登城しようと仰せらしい。という

ことは、いつまでも引き延ばすわけにはいくまい」

順右衛門は腕を組んだ。

颯太が推察した通り、順右衛門は左近が登城してきたおりに討ち取ろうと腹を決めていた。

美雪に難儀な思いをさせるが、庄三郎と薫がいることだし、何とか力になってくれるだろうと考えていた。

また、首尾よく左近を討ち取った後、時を置かずに切腹してしまえば、吉通はその意のあるところを悟って美雪に温情をかけてくれるかもしれない、との期待もあった。

しかし、正室という形で人質に取られてしまえば、順右衛門が左近を斬ったなら、すぐさま美雪は左近の家人たちによって殺されるに違いない。

そう考えると胸が苦しくなった。

武士として自らが死ぬ覚悟は常にしているが、わが子にはできれば生を永らえさせてやりたい。

武士ならばさような思いは切って捨てねばならぬと自らに言い聞かせるのだが、そう覚悟しようとするつど、胸の奥に悲しみがあふれてくる。

美雪の母との縁談があったとき、順右衛門は家中で這いあがることばかりを考え、お春への思いを押し殺した。

美雪の母とは心が通いはしたものの、早く死なせてしまったのは自分の心にいたらぬところがあったためだ、と悔いるところがあった。

そして美雪には、母がいない寂しい暮らしをさせてきたという思いがあった。此度のような話があったとき、母さえいれば心を打ち明けて相談することもできるだろうに、と美雪が不憫《ふびん》に思える。

（かようなとき、父上ならどうされたであろうか）

順右衛門は亡き父、秋谷のことを思い浮かべた。秋谷は自らに峻厳《しゅんげん》だったが、妻子には慈《いつく》しむ心を常に抱いていた。

父上ならば、決して娘に悲しい思いをさせないのではないか。そう考えながらも、どうしたらよいのか方策が思いつかない。

（父上、どうすればよろしゅうございますか）

順右衛門は少年のころのように、胸の中で秋谷に呼びかけていた。しかし、返ってくる声があるはずもなかった。

美雪はしばらくうつむいて考えていたが、ようやく顔を上げた。

「このお話はいつ決まるのでございましょうか」

「さて、いつとは言えぬな。殿のお心しだいゆえ」

順右衛門が言うと、美雪は思い切ったように、

「薫伯母《おば》様にお話を聞いていただきたいのですが、お許しいただけませぬか」

と言った。しかし、順右衛門は表情を引き締めて、

——ならぬ
と一言だけ答えた。

美雪は肩を落として涙ぐんだ。


同じころ、颯太は岳堂の屋敷の門をくぐった。

すでにあたりは暮れなずんでいる。

庄三郎の家に戻るころには夜が更けているだろうが、どうしても岳堂に美雪のことを相談したかった。

颯太が玄関で訪いを告げようとすると、奥から男の怒鳴り声が聞こえてきた。

その声に聞き覚えがあった。

颯太は玄関からあがると、奥へ向かった。廊下を過ぎ、縁側に出て灯《あか》りが灯《とも》ってい

る部屋に行こうとした。

だが、部屋の手前まで来たとき、手をつかまれた。驚いて振り向くと、お春が暗い縁側に立っている。

思わず声を上げそうになったが、お春は颯太の口を手でふさぎ、さらに引っ張って隣室へと入った。ふたりは足音を忍ばせて、襖《ふすま》のそばまで行って座った。

襖越しに男の声が聞こえてくる。

聞き覚えがあると思った通り、赤座九郎兵衛がいきり立って話していた。

「水上殿、何度申せばわかるのだ。この家の女中として奉公することになったお春と申す女子は、月の輪様のもとへ参らねばならぬのだ」

お春が岳堂の屋敷の女中になったとは聞かされていたが、颯太がここで会うのは初めてだった。岳堂はひややかに答える。

「ですから、お春が村にいたときならばさようだったかもしれませぬが、すでにわが家の女中となっております。暇を出すつもりはございませぬゆえ、お引き取り願いたい」

九郎兵衛は憤りを露《あら》わに、

「女中といっても、雇ったばかりだと聞いておりますぞ。それなのに、なぜ邪魔立てされるのだ。御一門衆である月の輪様に遺恨でもおありなのか」

と声を荒らげた。

「遺恨など滅相もない。お春は召し抱えたばかりの女中ですが、まことによく働いてくれます。もはや欠かせぬ者ゆえ、暇を出すわけにはいかぬのです。おわかりいただきたい」

岳堂はうんざりした口調で言った。

「さて、面妖《めんよう》でござるな。なぜ、そこまで女中を手放そうとされぬのだ。さては、女中にすでに手をつけられたのか」

九郎兵衛は疑う口振りで言った。岳堂は腹立たしげに、

「さようなことはござらん。下衆《げす》の勘繰《かんぐ》りは迷惑でござる」

と言い放った。しばらく沈黙した後、九郎兵衛は、

「さて、困ったことになりましたな。ご存じでござろう。月の輪様はこのたびご老中の仰せにより、殿の後見役となることが決まり申した。そのようなお方の妾を横取りされたとあっては、水上殿がわが藩にいることは難しくなりますぞ」

「さようなことはそちらがお考えになること、どのようにでもお好きにされたがよい。ただし、女子のことで、さように横車を押されるならば、せっかくの後見役の名

に傷がつくのではござらぬかな」

　岳堂が斬り捨てるように言うと、九郎兵衛は、ははっと嗤った。

「なるほど、そこまで仰せになるからには、よほどのお覚悟とお見受けいたした。このこと、いまより月の輪様にご報告いたすが、それでもよろしいな」

「好きになされればよい」

　岳堂は淡々と答えた。

「しからば、ご免――」

　九郎兵衛が立ちあがる気配がした。障子《しょうじ》が開けられ、縁側をどすどすと歩く足音がする。九郎兵衛の足音が遠ざかるのを待って、お春は、

　――先生
　と声をかけて襖を開けた。岳堂は颯太がいるのを見て、

「おお、颯太も来ておったのか。そなたの一族のことゆえ悪く言いたくはないが、赤座殿は随分と理不尽な方だな」

　と言った。颯太は親戚である九郎兵衛が岳堂に嫌な思いをさせたことを申し訳なく思いながら、

「伯父上、今日お城では、戸田様のお嬢様を月の輪様が正室に迎えたいという話が出

ました」

「ほう、美雪殿をか」

岳堂は眉をひそめた。

「はい、その話が評定で出たとき、戸田様は人質かと洩らされたそうです。戸田様は月の輪様がお城に乗り込んできたとき、討ち果たすおつもりだったのではないでしょうか。月の輪様はそれを察して、美雪様を人質に取ろうと考えたのではないかと思います」

颯太の話を聞いて、岳堂は腕を組んで考えた。そして、大きく吐息をついた。

「なるほどな。美雪殿がまだ年若いゆえ、お春を妾にしようと考えたのか。月の輪様は江戸に行かれて、たがはずれたようだ。もはや人倫の道を顧《かえり》みようとはされぬようだな」

颯太はうなずいた。

「さようです。それゆえ、美雪様が月の輪様のもとに行かずにすむにはどうしたらよいか、教えていただきたくて参りました」

岳堂は、そうか、と言ってからお春に顔を向けた。

「いま聞いた通りだ。月の輪様が狙っているのは後見役としてこの藩を意のままにすることだ。そのために、おのれの力を誇示しようと勝手な振る舞いをしている。さような暴虐に負けるわけにはいかぬ。そなたを手放すことはないゆえ、安心していなさい」

「ですが、わたしのためにご迷惑がかかっては申し訳のうございます」

お春は涙声になった。岳堂は笑った。

「泣かずともよい。たいしたことではないのだからな」

お春をなだめた岳堂は颯太に目を遣った。

「しかし、美雪殿のことはそれほどたやすくはいかぬかもしれぬな」

「さようですか」

岳堂に相談すれば何とかなるのではないかと思っていた颯太は、不安になった。

「そなたが考えた通り、戸田殿は月の輪様を討ち果たそうと考えていただろう。思い詰めたら一途《いちず》に走るおひとゆえ、あるいはおのれの情を殺してでもなそうとするかもしれぬぞ」

「では、戸田様は、月の輪様のもとに美雪様を差し出すと言われるのですか」

颯太は愕然となった。

「戸田殿が美雪殿を差し出せば、月の輪様は人質を取ったと安堵《あんど》して城に乗り込んでくるだろう。その時を狙うしか、月の輪様を討つ機会はないだろうからな」

岳堂は暗い表情で言った。

「それはおかしいと思います。自分の娘を生贄《いけにえ》のごとくにして忠義を尽くすのは、まことの忠義だとは思えません」

颯太は唇を噛んだ。

そんな颯太に岳堂はやさしい目を向けた。

「では、どのような忠義がまことの忠義なのだ」

それは、と言いかけた颯太は考えがまとまらぬままに、

「皆が幸せに、心満ち足りて過ごせるような――」

と口にしたが、そこで言葉が途切れた。

岳堂はうなずいてから話した。

「そなたにはまだ、どのような忠義がまことの忠義かはわかっておらぬ。それゆえ、戸田殿の忠義を難じることは許されぬ。戸田殿の忠義を違うと思うなら、おのれにとってのまことの忠義を探すことだな」

岳堂の言葉を聞いて、颯太はうなだれた。すると、お春が身じろぎして、

「ですが先生、美雪様がやはりおかわいそうです。順右衛門様は自分に厳し過ぎるお

方ですから、美雪様を助けたいと思っても、自らそれをなすわけにはいかないとお考えなのだと思います。どなたかがお力を貸してさしあげなければいけないのではないでしょうか」

と懸命に言った。

「それはその通りなのだが、といって、どうしたらよいのか」

岳堂は眉根にしわを寄せた。そのときになって、颯太は吉通が言っていたことを思い出した。

「殿も何かできぬかとお考えのようで、美雪様の話を聞こうとされております」

颯太が言うと、岳堂は目を瞠った。

「それはまことか」

「はい。美雪様を檀野様の家にお連れして、そこで話を聞こうというおつもりです。そのことをわたしたち小姓が命じられましたが、皆、どうしたらよいのかわからずに困っております」

美雪を連れ出すと言っても、武家の娘が随意《ずいい》に屋敷を抜け出せるものではない。父である順右衛門にそのつもりがなければ、ほぼ無理だろう。

「美雪殿を庄三郎のもとへ連れていくのはよいことだ。心を自ら縛っている戸田殿に話ができるのは、姉の薫殿だけだろうからな」

「わたしもそう思います。ですから、美雪様を屋敷から連れ出すことができればよいのですが」

颯太は首をひねった。

お春が膝を乗り出して口を開いた。

「わたしが美雪様を連れ出しましょう」

岳堂は驚いてお春を見た。

「そなたがどうやって美雪殿を連れ出すと申すのだ」

お春は力を込めて言った。

「女は女同士です。嫁入りの話を聞かされて、美雪様は悩まれているに違いありません。かなうなら、薫様にも相談したいと思われているのではないでしょうか。わたしが薫様のもとへご案内すると言えば、必ず信じてくださると思います」

「だが、そなたは美雪殿と会うのは初めてだろう」

岳堂は危ぶむように言った。

「はい。ですが女子には、自分が大切に思うひとを同じように大切にしている女子の心は、鏡で見るようにはっきりわかるのです。美雪様はお父上の順右衛門様のことを大切に思われているはずです。それなら、わたしが子供のころから順右衛門様を存じ上げていることを話せば、きっと心が通じると思います。わたしも順右衛門様を、ずっと大切に思ってまいりましたから」

「そうか、女人は大切なひとを思う心が通じ合うというのか」

岳堂は目を閉じて考えた。しばらくして瞼《まぶた》を開くと膝を叩いた。

「よし、ここはお春の言うことに従おう。颯太は殿に申し上げてくれ、数日のうちに美雪殿を庄三郎の家に連れていくとな。誰ぞに気取《けど》られてはならぬゆえ、殿にご報告申し上げるほかは、我らだけで支度するといたそう」

はい、と答えて颯太はお春に目を遣った。

お春はこれからなそうとすることに思いがこもっているのか、目をきらきらと輝かせている。

そんなお春を颯太は美しいと思った。

三日後――。

昼下がりになって、お春は順右衛門の屋敷を訪ねた。

「もし――」

お春が何度か声をかけると、家士が出てきた。

「水上家に新しく入った女中でございます。岳堂様より美雪様に手渡ししてほしいと言われ、これを預かってまいりました」

と、お春が腕に抱えた包みを示すと、疑う様子もなく取り次いでくれた。しばらく待つと、奥から美雪が出てきた。

「水上様からのお遣いの方とか。お出でなさいませ」

式台に座った美雪は微笑んだ。

そのとき美雪には、なぜかお春が昔から知っている懐かしいひとに思えたのだった。

十九

お春は美雪に、自分の兄が生前、向山村で戸田様と親しくさせていただいておりました、と話した。美雪が目を輝かせた。

「源吉さんのことですね。それではあなたがお春坊なのですか」

美雪が兄や自分の名を知っていたことに、お春は驚いた。

「わたしたちのことをご存じだったのですか」

お春が訊くと、美雪はにこやかに答えた。

「はい、父がお酒を召し上がるおりなどに話してくれます。父は謹厳実直を絵に描いたようなひとですが、源吉さんとお春坊の話をするおりだけは、少年のころに戻ったように本当に楽しそうなのです」

「そうでしたか」

お春の胸にしみじみとしたものが湧いた。自分が昔をいとおしく懐かしんでいるように、順右衛門にもそんなときがあったのかと思うと嬉しかった。

美雪はなおも言葉を続けた。

「父は何度も、源吉さんのことを本当に偉いひとだったと申しておりました。妹のお春坊もたいそうかわいらしかったと――」

美雪は言いかけて、目の前にいるのがお春坊本人なのだと気づき、口を押さえて謝った。

「ごめんなさい。失礼なことを申しましたでしょうか」

お春は微笑んで頭を振った。

「そんなことはございません。戸田様が兄のことを覚えていてくださって、まことに嬉しゅうございました」

　美雪はほっとした表情で、

「もっとお話がいたしとうございます。ぜひ、おあがりください」

　と言った。しかし、お春はあたりをうかがう様子を見せて、

「いえ、今日は美雪様を、檀野庄三郎様のもとへお連れいたしたいと思って参りました」

「伯父様のところへ？」

「はい。美雪様はいま、悩みを抱えておられるのではないかと存じます。そのことをご相談できるのは、伯母にあたられる薫様だけではないでしょうか」

「お春坊、いいえ、お春さんは、わたくしの身の上に起こっていることをご存じなのですか」

「はい。そしてそのことは、女子にとってあだやおろそかにしては必ず悔いが残ることになろうかと思います」

　お春が真剣な表情で答えると、しばらく美雪は考え込んでいたが、

「わかりました。わたくしも薫伯母様にご相談いたしたいと思っておりました。お連れください」

とはっきりした声で言った。

「初めてお会いしたわたしの言葉を信じてくださるのですか」

美雪は微笑んだ。

「父は源吉さんを本当に信頼していたと思います。その源吉さんの妹のお春さんを、わたくしも信じます」

お春は目に涙を浮かべて美雪を見つめた。自分は何があっても美雪を守らなければいけない、と思った。


同じころ城中では、苛立った吉通が颯太たちを叱りつけていた。

「野駆けに参るのに、なぜ家老たちの許しを得ねばならぬのだ。わたしは主君ぞ。家来の許しなど得ずに勝手をいたしてよいはずだ」

吉通の剣幕に恐れをなしながらも平吾が手をつかえ、

「先に檀野庄三郎殿の薬草園の番小屋に行ったことが、執政会議でも取り上げられたそうでございます。もし、またさようなことがあれば、わたしたち小姓一同は切腹いたさねばなりません」

と言った。

吉通は、ふんと鼻を鳴らしてそっぽを向いた。

哲丸が膝を乗り出した。

「どうでしょうか。もし、檀野庄三郎殿にお訊きになりたいことがございますれば、颯太に訊いてこさせればよいではございませぬか。同じ家に住んでおるのです。造作《ぞうさ》もないことでありましょう」

「駄目だ。それでは檀野がまことにどう考えておるのかがわからぬ。わたしは直《じか》に会うぞ」

なおも言い募る吉通に、ため息をついた颯太が、

「では、殿がおひとりでお行きなされませ」

と諦めた口調で言った。

「なに、ひとりで行ってよいのか。それならいますぐにでも行くぞ」

吉通は張り切って言った。平吾と哲丸が颯太に詰め寄った。

「おい、何ということを申し上げるのだ」

「われら三人とも切腹だぞ」

颯太は平気な顔で、

「ですから、われらはお城に連れ戻すために必死で殿の跡を追うのです。確かに外出《そとで》

を許してしまったことは責められるでしょうが、連れ戻そうとした者に切腹までさせることはないでしょう」

平吾が腕を組んで渋い顔をした。

「そううまくいくかな」

吉通は立ちあがると、大きな声で、

「いや、うまくいくに違いない。重臣たちが文句を言ったら、いま颯太が申した通りのことをわたしが言ってやる。安心いたせ」

と言った。颯太があわてて制した。

「殿、声が大き過ぎます。誰かに聞かれたら、すべては水の泡となります」

おお、そうであったと言いながら、吉通は機嫌よく笑った。


お春は美雪を連れて庄三郎の家に向かった。

道中は人通りが少なく、ひと目につかずにすんだのがありがたかった。

お春が戸口に立って声をかけると、出てきた薫はお春の後ろに立つ美雪を見て首をかしげた。まだ幼かった美雪にしか会ったことがなかったからだ。

美雪は前に出て、

「薫伯母様、美雪でございます」

と挨拶した。薫は、その成長した姿に目を丸くした。

「あなたが美雪殿ですか。よく来てくれましたね」

「はい。今日はどうしてもご相談したいことがあって、お春さんに連れてきていただきました。じつはいま、わたくしに縁組のお話があるのです」

美雪の真剣な眼差《まなざ》しを見て薫は深くうなずくと、居間の隅から様子をうかがっていた桃に、

「薬草園に行って、父上にお戻りになるよう言ってきなさい」

と声をかけた。

桃は恥ずかしそうに出てきて、

「桃でございます」

と言って美雪に頭を下げると、薫に顔を向けた。

「父上はお役目をされているのですから、戻れないと言われるかもしれません」

「わたくしが戻ってくださいとお願いしていると伝えてください」

やさしく薫は言った。

「それでお戻りになられるでしょうか」

た。

薫が自信ありげに言うと、桃は不承不承《ふしようぶしよう》立ちあがって戸口から出て、駆けていっ

「必ず戻られます」

その様子を見ながら、お春はくすりと笑った。

目ざとく薫は気づいて、

「お春さん、何がおかしいのです」

と笑みを浮かべて訊いた。お春は頭を下げて、

「ごめんなさい。薫様から家に戻ってくれと言われたら、檀野様はきっと息せき切って戻られるのだろうなと思うと、なんだかおかしくなりました」

「旦那様が急いで帰ってこられたらおかしいのですか」

お春はいたずらっぽい目になった。

「ええ、檀野様はいつでも薫様のことになると一生懸命ですもの」

「そうでしょうか。わたくしにはよくわかりません」

薫は首をかしげた。

お春は美雪に顔を向けた。

「本当なのでございますよ。檀野様は薫様と桃さんのためなら、火の中水の中もためめ

らわないお方なのです」

熱心に言うお春に、美雪は微笑んだ。

「まことにうらやましいです」

薫はそんな美雪を見つめて、

「わたくしたち夫婦がそうなのかどうかはともかく、お春さんは美雪殿が嫁ぐなら、そんな夫婦になってもらいたいと思っているのでしょう」

薫は、美雪がおそらく父親の許しを得ないまま訪ねてきたのは、縁談にからむ話がどうしてもしたかったからだろう、と察していた。

だからこそ、お春は薫と庄三郎の話を持ち出して美雪の気持をときほぐそうとしているのではないか。

美雪は生真面目な表情になった。

「薫伯母様は、伯父様とどのようにして縁組なされたのでございますか」

「どのようにといって、何となくでしたから」

薫は庄三郎との馴れ初めを訊かれて頰を染めた。父である秋谷を見張りにきた庄三郎と同じ屋根の下で暮らすうちに心が通い合ったなどということは、若い娘に話していいことではないだろう。

ふたりがどのようにして夫婦になったかは、お春も幼かったためよく知らないだけに興味ありげに薫を見ている。

薫は素知らぬ顔をして、

「そんなことよりも、美雪殿の相談事をうかがいましょうか」

と言って美雪に顔を向けた。

美雪は戸惑った顔をした。

「ですが、伯父様が戻られぬうちに話をいたしてもよろしゅうございましょうか」

言われてみれば、家長である庄三郎が不在のまま、女たちだけで話をしてしまうのは憚られる。

だが、美雪の帰りが遅くなってはまずいし、話の内容も一刻を争うものかもしれない。どうしたものかと薫が考えていると、

「わたしなら、もう戻ったぞ」

と庄三郎の声がした。

見ると、戸口に庄三郎が桃を背負って立っていた。呼吸をととのえようとしているものの、庄三郎は額に汗を浮かべ、息を切らしていた。よほどの速さで走ってきたようだ。

お春と美雪はくすくすと笑い、薫もつられて笑ってしまった。

庄三郎だけが、なぜ三人が笑うのかわからず呆然としている。

二十

美雪は庄三郎と薫に、月の輪様こと三浦左近から縁組が申し込まれたことを話した。

庄三郎は憤懣《ふんまん》やる方なしといった顔で口を開いた。

「月の輪様はそなたを人質にして、順右衛門の動きを封じるつもりなのだろう」

薫が身を乗り出して美雪に訊いた。

「それで、順右衛門はどうしているのです。まさか、さような話を受けるつもりではありますまいね」

美雪は悲しげに頭を振った。

「父上は受けられるおつもりではないかと思います。わたくしは薫伯母様に縁組のことをご相談したいと思いましたが、お許しは得られませんでした」

薫は眉をひそめた。

「順右衛門は何を考えているのでしょう。そのような縁組を受けてはならぬと、わたくしから申しましょう」

薫の言葉を聞いて、庄三郎は手を上げた。

「いや、それはなるまい——」

言いかけた庄三郎は、戸口へ顔を向けた。

——誰だ
庄三郎が誰何《すいか》すると、

「わたしです」

と颯太が戸口から顔をのぞかせた。

「颯太か——」

緊張をやわらげようとした庄三郎だが、すぐに、

「なぜ、このように早くにお城から戻った。まさか、この前のように——」

と言いかけた。

「そのまさかだ——」

颯太の後ろから、吉通がにこやかに顔をのぞかせた。

「殿——」

庄三郎が座り直して手をつかえると、薫と美雪たちも平伏した。

「忍びじゃ。かしこまらんでくれ。颯太から、戸田の娘が縁組のことでそなたに相談するようだと聞いたのでな。わたしも娘の気持を聞いておきたいと思ったのだ」

吉通はそう言いながら板敷にずかずかと上がった。颯太は続いたが、共に付き従ってきた平吾と哲丸は外であたりを見張っている。ふたりの顔にも覚悟が見てとれた。

吉通は庄三郎に向かい合って座ると、傍らの美雪に目を留めた。

「そなたが戸田順右衛門の娘か」

「美雪と申します」

美雪はつつましやかに答える。

吉通は美雪をまじまじと見て、ほう美しいな、とつぶやいた。

美雪が頬を染めてうつむくと、吉通はあわてて、

「冗談じゃ。いや、冗談ではない。まことのことだが、かと言ってあからさまに言っては怪しげなことになる。それはいかん――」

と言いながら、颯太に顔を向けて、なんとか言え、とうながした。

颯太はうんざりしながら、

「美しいかどうかなどは、いまはどうでもよろしゅうございます。肝心《かんじん》なのは、美雪

様が縁組を受ける気持になられたかどうか――」

颯太が言いかけると、庄三郎が厳しい口調で制した。

「颯太、うわついたことを申すな。ことはさほどに容易ではないのだ」

美雪は顔を庄三郎に向けた。

「伯父様、容易でないとはどういうことでございましょうか」

庄三郎はため息をついて話した。

「順右衛門が月の輪様からの縁組の申し入れを喜ぶはずがない。月の輪様はそなたを正室に迎えることで、順右衛門の動きを封じ、取り込もうとしておるのだ。だが、御一門衆からの縁組の申し入れを断れば、重職に留《とど》まるわけにはいかぬ。順右衛門は遠ざけられ、月の輪様を討つ機会を逃《のが》し、わが藩は月の輪様の意のままになろう」

「まさかそのような――」

美雪は息を呑んだ。

庄三郎は美雪を見つめて、さらに言葉を継いだ。

「それゆえ、順右衛門は縁組を受けて、そなたを嫁がせ、そのうえで月の輪様を討とうと思案しているのであろう。無論、月の輪様を討ったうえで、順右衛門は死に、気の毒ながらそなたも命を永らえることはできまい」

薫が声を震わせて、

「何という悲しいことを考えるのでしょう」

とつぶやいた。

庄三郎はしみじみとした口調で言い添えた。

「おそらく順右衛門は、亡き父上ならばどうされたであろうか、と胸に問うておろう。しかし、いま生きておわさぬ父上がどうされたか、順右衛門に答えは見つかるまい。無論、わたしにもわからぬ。順右衛門はおのれの考えで精いっぱいのことをするしかないと考えているのではあるまいか」

庄三郎の言葉を聞いて、お春が思わず、

「源吉兄さんが生きていたらどうしたでしょうか」

とつぶやいた。

庄三郎は胸を衝《つ》かれたように、

「わからぬ。だが、源吉ならばひとが死なぬように、生きるようにする道を選ぶであろうな。それがどのような道であるか、情けないことにわたしにはわからぬが」

と応じた。庄三郎の言葉に、吉通は感じ入ったように、

「ひとが生きるようにか。よい言葉だな」

と言った。

庄三郎は吉通に頭を下げてから、美雪に顔を向けた。

「順右衛門は藩を救うために身を棄《す》てる覚悟を固めんとしている。それがよいとも悪いとも、わたしには言うことができぬ。だが、親が身を棄てる覚悟をしているからといって、子がそれに従わねばならぬ謂《いわ》れはない。子の正直な気持こそが、親の踏み迷う闇に光をもたらすことができるかもしれんぞ」

庄三郎の言葉を美雪はうつむいて聞いた。そんな美雪を見つめながら、薫がゆっくりと口を開いた。

「旦那様はさようにおっしゃいますが、子としては親に従うのが孝だと思うしかありませぬ。美雪殿に自ら決めよというのは、酷でございます」

薫がきっぱり言うと、庄三郎は、ううむとうなった。さらに薫は続けた。

「順右衛門は旦那様の言われるような覚悟をしているのかもしれません。しかし、それは自分と美雪殿が政のために人柱《ひとばしら》となろうとすることで、わたくしにはさようなやり方はよいこととは思えません」

庄三郎は当惑したように、

「されど、義父上はそうされたではないか」

と言った。

薫はゆっくり頭を振った。

「いいえ、わたくしは父上が人柱になられたとは思いません。そこが順右衛門にはいまだにわかっていないのではないかと思います」

庄三郎は、それではわたしもわかっていないことになる、とつぶやいた。

薫の言葉を聞いて、吉通は身を乗り出した。

「戸田秋谷は人柱ではなかったと、そなたは申すのか」

はい、とうなずいて薫は答える。

「父は罪なくして死にました。しかし、人柱となったのではなく、ひとびとの罪を背負い、そのことでわたくしたちに、いいえ、父を知るすべてのひとに、何かを伝えたかったのではないかと存じます」

「それは何だ」

吉通は目を光らせて訊いた。薫は、にこりとして答える。

「それはわたくしにもわかりません。しかし、父が自らの死によってひとびとの過《あやま》ちや罪業《ざいごう》を背負ったのは、ひとを生かす道だったからではないかと思います。この世のひとは皆、おのれの罪業に苦悶《くもん》しております。そんなひとびとの中のひとりとして、罪を背負う生き方もあったのではないでしょうか」

　ううむ、と吉通はうなった。

「すくなくとも順右衛門のように、美雪殿を人質として差し出して月の輪様を斬るという、自ら罪を得てひとを死なせる道ではなかったと思います。順右衛門と美雪殿がそんな悲しい道を歩んだとしたら、わたくしたちまわりの者はおのが無力を悔い、ひとの不幸によってわが幸福を得るうしろめたさを感じないではいられないと思います。それはひとを生かす道ではありますまい」

　静かな薫の言葉は、聞く者の胸にしみた。

　吉通は慨嘆《がいたん》するように、

「難しいものだなあ。わたしには、まったくわからぬ」

　と独りごちた。そのとき外から、

「原様、何をなさいます」

「お止《や》めください」

　という平吾と哲丸の声が聞こえてきた。

　颯太が立ちあがって戸口に駆け寄る。戸口にぬっと顔を出したのは、羽織袴姿の原市之進だった。

市之進は、颯太が驚く間に板敷にあがって吉通に向かって手をつかえた。

「殿、もはやお忍びで出歩かれるのはお控えなされませ。ただちに城へお戻りくださ い」

吉通が戸惑って何も言えないでいると、市之進は庄三郎に目を向けた。

「檀野、そなたは昔からよからぬことしかせぬ。今日はどんな悪だくみをして殿を誘い出したのだ」

庄三郎は苦笑した。

「悪だくみとはひどうござるな」

「かつて戸田秋谷の見張りを命じたとき、そなたは秋谷の無実の罪をはらそうなどと企んで、動きまわった。あれは御家を乱す悪だくみではなかったか。今日は殿に、何を吹き込もうといたしておるのだ」

ひややかに市之進が言うのを吉通が遮った。

「待て。今日はわたしが勝手に押しかけたのだ。檀野に罪はないぞ」

市之進は不遜《ふそん》な表情を浮かべて、

「さて、殿がさように思われることが、すでに檀野の術中に落ちておられることの証でございます」

と吐き捨てるように言った。颯太は市之進のそばに座って、

「原様、それはあまりな言い方ではございませぬか。殿は武士として、いかなる道を歩むべきか真剣に考えておられるのです」

と言い放った。戸口に立った平吾と哲丸も、

「まことにさようです」

「原様、殿のお考えを聞いてくださりませ」

と言い添えた。

市之進は、じろりと颯太たちを見回して、

「そなたら、殿を重臣方に無断で連れ出した以上、咎めを受けることは覚悟いたしておるのだろうな」

と言った。吉通があわてて口をはさんだ。

「原、それは違うぞ。わたしがひとりで城を抜け出したゆえ、この者たちはわたしを城へ連れ戻すために追ってきたのだ」

「さように口裏を合わせようと相談されたのでありましょう」

苦い顔で市之進は言った。

「なんだと」

「それがしがここに参ったのはなぜだと思し召されますか。城中で殿が小姓たちとひそかに話しているのを奥女中のひとりが聞いて、報せてくれたのです。すべては露見しておるのですぞ」

吉通が、ううむとうなると、市之進は美雪に目を向けた。

「そなたは戸田順右衛門殿の娘だな」

さようでございます、と美雪は手をつかえて、しっかりした言葉遣いで答えた。

「今日、ここに参ったのは、月の輪様との縁組についての相談があったからであろう」

美雪は顔を上げ、市之進の目を見て答えた。

「いいえ、違います」

「なんだと。そなたも嘘偽りを申すのか」

市之進は苦い顔をした。

「偽りではありません。わたくしは、縁組についてはお受けするつもりだからです。それなのに、何を相談すると言われるのですか」

美雪は静かに言ってのけた。薫が膝を乗り出し、美雪に顔を向けた。

「美雪殿、何を言われるのですか」

頭を振って美雪は答える。

「わたくしは、父になさねばならぬことがあるのなら、わたくしにもなさねばならぬことがあるのではないかと思います」

「それが月の輪様に嫁することだと言われるのですか。女子としての幸せを棄てってはなりません」

薫は悲しげに言った。美雪は微笑んで答える。

「薫伯母様の言われることは、まことにその通りだと思います。ただ、ひとには避けることができない定めもあるのではないでしょうか。定めがあるのなら、わたくしは逃げたいとは思いません。それに、どのような定めの中でも、自分を貫く道はあろうかと思います」

颯太が突然叫んだ。

「駄目だ駄目だ。そんなことをしては駄目だ」

颯太が懸命に言うのを、美雪は不思議そうに見た。

市之進が冷笑した。

「赤座、そなたには、戸田殿の娘がなぜ覚悟を決めたのかわからぬのか。自分のことをめぐってそなたたち小姓が処罰され、さらに殿が重臣からの信を失うことを恐れたのだ。さすが戸田殿の娘だけあって、考えがしっかりしておられるものよ」

市之進がくっくと笑うのを見た美雪が、鋭い声を発した。

「原様、月の輪様との縁組となれば、わたくしは御一門衆の正室となる身です。さような不遜な物言いをされるのはいかがなものでしょうか」

毅然とした美雪の言葉に市之進は顔色を変えて、

「これはご無礼をつかまつりました」

と手をつかえ、頭を下げた。

そんな市之進を見据える美雪には、いつのまにか自然な威が備わっていた。それが御一門衆に嫁ぐという覚悟ゆえなのか、それとも戸田秋谷の生き方を薫から聞いたからなのかは、誰にもわからなかった。

やがて面《おもて》を上げた市之進は、呆然と美雪を見上げることしかできなかった。

二十一

檀野家を出た颯太は、吉通の供をして平吾や哲丸とともに城に戻った。

吉通が御座所に入ると、市之進は小姓の控えの間で颯太たちに向かって、

「本日のそなたたちの不始末は、執政会議で評定にかける。ただし、月の輪様と戸田家との縁組がととのうならば、事を荒立てるのは好ましくないゆえ、不問にされよう。縁組を覚悟した戸田殿の娘に礼を言うことだな」

と言い渡した。

颯太たちが一言も言い返せずにいると、市之進は珍しく爪《つめ》を噛むような仕草を見せた後、廊下へと出ていった。

すると、御座所から、

――颯太、平吾、哲丸
と吉通の声がした。

颯太たちが急いで御座所に入ると、吉通は不機嫌な顔をしていた。

「原にさんざんしめあげられたようだな」

吉通は顔をしかめて言った。

「はい。ですが、月の輪様と戸田家との縁組がととのえば、咎めはしないとのことでした」

颯太が答えると、吉通は顔をしかめた。

「それで安心したのか。情けない奴だ」

颯太は平吾や哲丸と顔を見交《みか》わした。

情けないと言われれば腹が立つが、実際、美雪によって救われたのだという気もした。平吾と哲丸も渋い顔をして口をつぐんでいる。だが、自分たちだけが市之進にやり込められたわけではないぞ、と颯太は思った。

颯太は吉通に向かって、

「されど、それは殿も同じではございませんか」

「なんだと」

吉通は颯太を睨んだ。颯太はかまわずに、

「原様が出てこられたら、すごすごと城に戻られました。美雪様が縁組を受けると言われたときも黙っておられた。戸田家との縁組は、月の輪様の野望とからんでいることは明らかです。主君として止めることもできるはずなのに、何も言われなかったのは、原様に気を呑まれていたからではございませんか」

と続けた。

吉通は、ううむとうなった後、悄然《しょうぜん》として、

「颯太はそう言うが、原を抑えようと思えば手討ちにでもするしかない。だが、気に入らぬ家臣を片端から手討ちにしていたら、誰もいなくなってしまう。大名というも

のは、そんな勝手はできぬものなのだぞ」

と言った。颯太は吉通が珍しく弱気なことを言ったのに驚いて、

「それはそうでございますね」

と言ってしまった。

平吾と哲丸もため息をついて、

「やむを得ないことです」

「しかたありませぬ」

と言った。

吉通は天井を見上げて大きく吐息をついた。

「いかんなあ、こんなことでは」

その通りだ、と颯太も思ったが、どうしたらいいのかはわからなかった。


この日の夜――。

下城した戸田順右衛門に、玄関で出迎えた美雪が切り出した。

「お話しいたしたいことがございます」

順右衛門はうなずいて、後で部屋に参れ、と言いつつ刀を渡した。

順右衛門は居室で裃を脱ぎ、着流しになった。

妻が亡くなって以来、順右衛門は美雪にも女中にも着替えを手伝わせない。すべてを自らがすることに孤独である感慨がないではなかった。

だが、女人の温かさにふれないほうが、奉公一筋に生きることができるという気楽さがあった。いつの間にか、自分のことは思うまい、と考えるようになっていたのだ。

間もなく美雪が茶を持ってきた。

茶を啜《すす》った順右衛門が話を聞こうかと目でうながすと、美雪は口を開いた。

「お詫《わ》びをいたさねばならぬことがございます。今日、お許しもないまま、薫伯母様にお会いして参りました」

「ひとりで参ったのか」

順右衛門は訝しげに訊いた。

武家の女人がひとりで外出することなどない。用心のため、必ず供を連れていくのだ。しかし、家僕や女中が順右衛門に命じられていないのに、美雪の供をするとは思えなかった。

美雪は少しためらってから、

「お春さんといわれる、父上もご存じのお方に連れていっていただきました」

「お春が――」

順右衛門は絶句した。

美雪は頭を下げて、言葉を継いだ。

「お叱りはお受けいたしますので、まずは話を聞いていただければありがたく存じます」

「申せ――」

順右衛門は厳しい表情で言った。

「殿様のお許しが出ましたなら、わたくしは月の輪様との縁組をお受けいたそうと存じます」

美雪の思いがけない勁《つよ》い物言いに驚きつつ順右衛門は、

「なぜそのように思ったのだ。姉上に言われてのことか」

と質《ただ》した。

美雪はゆっくりとかぶりを振った。

「いいえ、薫伯母様は、嫁してはならぬと申されました。政のための人柱になるのはよいことではないとのことでございました」

「そなたは、そうは思わなかったのか」

順右衛門は美雪を見つめた。

「思いました。ですが、薫伯母様は、お祖父《じい》様がなぜ亡くなられたのかも話してくださいました」

「父上のことを――」

これもまた、順右衛門にとっては思いがけないことだった。秋谷が死んでから悲しみ偲《しの》ぶことはあっても、その死について語り合うことはなかった。

姉は何を言ったのだろう、と順右衛門は考えをめぐらした。

「お祖父様は人柱になられたのではない、ひとびとの罪業を背負って切腹されたのだと。何かを伝えようとして亡くなられたのだと、薫伯母様は言われました」

「何かを伝えようとして、か」

順右衛門はつぶやいた。いままで自分は、父、秋谷の生き方に倣って生きているのだと思ってきた。秋霜《しゅうそう》の厳しさでおのれを律し、忠義を尽くしたのが、父の生き方だと思ってきた。しかし、姉は別な考えでいたらしい。

順右衛門が押し黙ると、美雪は言葉を継いだ。

「わたくしは、薫伯母様の仰せはまことにもっともだと存じます。ですが、ひとには定めと申すものがあるかとも思います。何かを背負って生きられたのがお祖父様の生き方だとしたら、わたくしも背負うべきものは背負わねばならないと思い定めてございます」

美雪の淡々とした言葉を聞くにつれて、順右衛門の顔は青ざめていった。

幼いとばかり思っていた娘がこれほどのことを考えるようになっていたのか、という戸惑いがあった。

「待て。縁組については、まだ殿のお許しが出たわけではない。いま少し考えてもよいことかもしれぬ」

順右衛門が押し留めるように言うと、美雪はにこりと笑った。

「殿様がお許しになるかならぬかは、父上しだいでございましょう。殿様にすべてを押し付けては、忠義とは申せぬのではありませぬか」

美雪の言葉を聞いて、順右衛門は目を閉じた。

月の輪様からの縁組の話を聞いたときに、これは受けるしかないと覚悟した。だが、実際にその話を進めることへの逡巡《しゅんじゅん》は、まぎれもなく胸の中にあったのだ。

「負うた子に教えられたな」

順右衛門は思わずつぶやいた。

颯太は下城して庄三郎の家に戻る前に、岳堂の屋敷に寄った。今日の出来事についてて、お春と話しておきたかったのだ。

颯太が門をくぐって玄関先で声をかけても応《いら》えはない。しかたなく玄関脇からあがって奥に進むと、

「それはならぬ」

という岳堂の厳しい声が聞こえてきた。

どうしたのだろう、と思いながら廊下に膝をついた颯太は、

「颯太でございます」

声をかけた。

「入れ」

岳堂の不機嫌な声がした。部屋に入ってみると、お春が岳堂の前に座っている。

颯太がうかがうように見ると岳堂は、

「そなたも止めてくれ。お春が月の輪様の妾になると申すのだ」

と言った。

颯太は、あっと思った。

昼間、美雪が縁組を受けようと思うと言うのを聞いたばかりだ。その上、お春までが月の輪様のもとに行くというのはなぜなのだろう。

お春は颯太に顔を向けた。

「颯太さんはおわかりですよね。昼間、美雪様が月の輪様の縁組を受けることを覚悟されたのですから」

お春に言われて颯太はうなずいた。

「は、確かにそのことは聞きました。ですが、なぜ、お春さんまで月の輪様のもとに行くのかわかりません」

お春は微笑んで答える。

「わたしは美雪様を守りたいのです」

「美雪様を守る——」

颯太はお春が何を言おうとしているのかわからずに訊き返した。

「はい。美雪様はまだ、お若いのです。ひとの妻となって生きるのは酷いとわたしは思います。美雪様という花を散らさせたくはありません」

お春が言うと、岳堂が口を開いた。

「それゆえ、お春が身代わりになろうというのか。だが、そんなことがいつまでも通用するものではない。所詮、月の輪様の思い通りにされるだけのことだぞ」

　お春はうなずく。

「さように存じます。ですけれど、それでもわたしは、一時でも美雪様を守りたい。わたしは昔、順右衛門様をおしたいしたことがございます。ですが、順右衛門様のために何かをするということはできませんでした。もしいま、美雪様のためにわたしにできることがあるのなら、どうしてもしたいのです」

　岳堂は腕を組んで颯太を見た。

「お春はこう申して、わたしの言うことを聞こうとはしない。そなたはどう思う」

　岳堂に問われても、颯太は何も答えられない。

　美雪やお春が覚悟を定めていくのに比べ、いま何をすべきかすぐに言うことができない自分を、颯太は情けなく思った。

「何とか、何とかしなければ」

　あてどのない闇の中を彷徨《さまよ》う心持で颯太は口にした。しかし、お春と岳堂は黙したままで、颯太の言葉は宙に消えるばかりだった。


　月の輪様と美雪の縁組を吉通が許したのは、十日後のことだった。

七日前に、順右衛門からは縁組の申し入れを受ける旨《むね》の返事が届いていた。それでも連日せっついてくる市之進に、吉通は返事を与えなかった。だが、ついにこの日、

「よきようにいたせ」

と答えたのだ。

市之進は何事かを見定めるように吉通を見つめたあと、御前を引きさがった。そのまま順右衛門の御用部屋に赴き、

「縁組のこと、殿のお許しが出ましたぞ」

と告げた。順右衛門は無表情でうなずき、頭を下げた。

「これで戸田殿も御一門衆の縁戚となり、今後のさらなる出世も望める。まことにめでたいかぎりですな」

市之進が皮肉めいた口調で言っても、順右衛門は顔色を変えなかった。

市之進は段取りよく、美雪が嫁する日を間もなく決めた。さらに三浦左近から、

「どうせなら、妾といたす女もともに屋敷入りをさせたい」

と言ってくると、これにもすぐに応じた。

美雪が嫁するとき、お春もともに花嫁行列に加えるというのだ。

左近の屋敷で行われる祝言《しゅうげん》の日取りも決まった。

戸田屋敷では、この日の朝、白無垢《しろむく》姿の美雪が三つ指をついて順右衛門に、

「行って参ります」

と挨拶した。

順右衛門は昼過ぎに左近の屋敷に赴くことになっている。

美雪は駕籠《かご》に乗り、傍らにお春が付き添った。

お春は黙って見送る順右衛門に頭を下げた。すると、順右衛門がつかつかと近づき、お春の手を取って頭を下げ、

——すまぬ
と言った。お春は頰を染めてかぶりを振った。そして何も言わぬまま駕籠のそばに立って、順右衛門に微笑んだ。

笑顔を順右衛門に覚えていてもらいたかった。

美雪を乗せた駕籠一行は、門をくぐり、往来へと出ていった。

すでに秋である。

蜩の鳴く季節となっていた。

二十二

原市之進が吉通の御座所まで来て、小姓を通じ、目通りを願った。

浮かぬ顔になった吉通は、控えていた颯太や平吾、哲丸の三人に向かって囁くように口を開いた。

「原が、なにゆえ目通りを願うのであろう」

颯太は眉をひそめて、

「おそらく美雪様の輿入《こしい》れのことではないでしょうか」

と言った。平吾も同様に言葉を添える。

「今日が輿入れの日ですから、そのことを告げに参られたのではありませんか」

哲丸も声を低めて、

「もはや美雪様が、月の輪様のもとに着かれたと言いに参られたのかもしれませぬ」

と言った。吉通は顔をしかめる。

「まこと、嫌な男だな」

颯太はちらりと吉通を見た。

「嫌だからといって、会われぬわけにはまいりませぬ」

「わかっておる」

吉通はうるさげに言うと、返事を待つ小姓に、

——通せ
と声をかけた。小姓が廊下に出ると、市之進が入ってきた。

裃姿の市之進は手をつかえ、

「ご尊顔を拝し、恐悦至極《しごく》に存じます」

ともったいぶって言った。

吉通はうんざりした顔で訊いた。

「さような挨拶はよい。それより、何の用だ」

市之進はゆっくりと顔を上げ、颯太たちを見回してから、

「用事はございません」

と言った。

「なんだと」

吉通が意外そうな顔をすると、市之進は平然として言葉を続けた。

「いや、ござらぬわけではありませぬな。確か、殿より、本日は相原村あたりまで野

駆けに出るとおうかがいいたしておりましたような。何やらそのことが気になりましてな。確かめに参ったのでござる。ところが、いまだに野駆けの支度もされていないご様子。これはそれがしの思い違いでござったか、でなければ小姓どもの怠慢《たいまん》でございまするな。もしさようならば、きつく叱らねばなりますまい」

市之進が厳しい表情で言い切ると、吉通はうろたえながら手を上げた。

「待て。わたしは今日、野駆けに出ると申しておったのか」

「さようにございます。そう言えば、今日は戸田順右衛門殿の娘御が月の輪様のお屋敷に参られる日。ただいまから野駆けに出られれば、どこぞで行き逢《あ》うやもしれませんな」

市之進はまた、平然と答える。

颯太が手をつかえ、頭を下げた。

「原様、申し訳ございませぬ。今日の野駆けのこと、わたしが失念いたしておりました。ただいまから支度を調《ととの》えまする」

市之進はひややかに笑った。しかしその笑いは、自嘲《じちょう》しているようでもあった。

「気の利かぬ奴だ。さっさと支度いたせ。殿がお待ちかねであるぞ」

吉通は興奮で顔を紅潮させ、

「原、なにゆえ、わたしが申したという野駆けのことを思い出したのだ。それだけは教えろ」

市之進は表情を引き締めると、おもむろに手をつかえ、意を決するように口を開いた。

「恐れながら申し上げます。月の輪様が江戸でご老中から殿の後見役を任じるように言われたというのは、真っ赤な嘘にございます」

そこでひと息入れて呼吸を整えると、吉通を睨むように目を上げた。いかほどの刻が過ぎたのか、大きく息を吸った市之進は、再び口を開いた。

「君臣、藩主と領民の間は信によって結ばれてこそだと存じます。君臣の間に嘘があってはならぬと存じます。さように昔、教えられたことを思い出しましてございます」

言い終えるや平伏した市之進に、

「誰に教わったのだ」

吉通は興味ぶかげに訊いた。

「戸田順右衛門殿の父で、割腹して果てた戸田秋谷殿でござる。生きている間はさほどに思いませなんだが、あの世に去ってから何やらしきりに思い起こさせる御人でありましてな。檀野の家で戸田殿の娘御に会ったおりから、なぜか彼《か》の御仁《ごじん》の面影が頭から離れないのでござる」

　いまだ迷いがある様子でありながら真情を口にする市之進を、吉通は笑みを湛《たた》えて眺めつつ、

「さようか。原市之進、見直したぞ。そなたも、ちと見どころがあるようだな」

とあっさり言うと立ちあがった。颯太が付き添い、御座所を出ようとした時、なぜか吉通は市之進の方を振りかえった。

「原、死ぬことは許さぬからな」

　そう言いおくと、ぽかんとしたままの颯太を引き連れて、今度こそ吉通は大廊下へと出ていった。

　この間に平吾たちが馬の支度をしている。

　吉通が玄関から出ると、平吾と哲丸が吉通の愛馬である淡雪を引いてきた。

　平吾は片膝をついて吉通を見上げた。

「殿、ただいまから何をしにいかれるのか、お聞かせ願いとう存じます」

　吉通は平吾に顔を向けた。

「いまから何をしにいくかはわたしの胸にあることだ。わたしは間違っていた。改む

るに憚ることなかれ、だ。それがわからぬようなら、供をいたすにはおよばぬ。言わずともわかる者だけがついて参れ」

吉通の言葉を聞いて、平吾は頭を下げた。

「承《うけたまわ》りました。お供仕ります」

平吾が言うと同時に哲丸も、お供仕ります、と声を上げた。

「そうか。わたしが何をしようとしているのか、わかっているのだな」

吉通は嬉しげに言った。

颯太も手をつかえて、お供いたしますと言おうとしたが、吉通は面倒くさげに遮った。

「待て。そなたは来るなと言ってもついてくることはわかっておる。それよりも、そなたは馬に乗れるか」

颯太はせっかくの言葉を遮られて、むっとしながら、

「乗れまする」

と答えた。吉通はうなずく。

「ならば、相原村まで先駆けいたし、月の輪村に向かう一行の道筋を確かめよ。そなたと仲がよい村の者たちに手助けしてもらえ。ただし、檀野庄三郎に言うことは許さ

ぬ」

「檀野様に申し上げてはいけませぬか」

「いかぬ。これはわたしたちの戦《いくさ》ぞ。檀野の助けを当てにしたとあっては、男がすたるではないか」

颯太はにこりとして、承りました、と答えると、玄関から降りて厩《うまや》まで走った。厩番から栗毛《くりげ》の馬を借り出して鞭を入れ、玄関前にさしかかると馬上から一礼し、

「相原村へは街道筋への道ではなく、先日も通った脇街道をお使いください。さすれば先廻《さきまわ》りすることができると思います」

と叫ぶように言って、城門から走り出た。

颯太を見送った吉通は、悠然《ゆうぜん》と支度を調えたうえで淡雪にまたがった。

「参るぞ」

ひと声かけて、吉通は馬腹を蹴った。

平吾と哲丸を供にして吉通が城門をくぐっていくのを、市之進は物見櫓《ものみやぐら》の窓から見届けた。吉通が残した言葉が頭から離れなかった。

やがて窓から離れると、市之進はゆっくりと御用部屋に向かった。

順右衛門が文机に向かい、書状を見ているのを目にすると、

「よろしいか」

と声をかけ、順右衛門がうなずくのを待って文机の前に座った。

何用であろう、と順右衛門がうかがうように見ると、市之進は口を開いた。

「今日は娘御が月の輪様に嫁ぐ日でござろう。なにゆえ月の輪様のお屋敷に参られぬのだ」

「御用があるゆえ、昼を過ぎてから参ろうかと」

順右衛門は落ち着いて答えた。

「なるほど。やはり臆病なのだな」

市之進はかつて上役であったときのように口調を変え、嘲るように言った。

「臆病ですと?」

順右衛門は鋭い目で市之進を見た。

「そうではないか。己が娘が父親がなさんとする忠義のために犠牲になろうとしておるのだ。そのことをしっかりと目に焼き付けるのは、親の務めではないのか」

「ですから、後から参ると申し上げておるではござらぬか」

順右衛門が言い返すと、市之進はそっぽを向いてつぶやくように言った。

「それでは間に合わぬかもしれぬ」

順右衛門は目を瞠った。

「間に合わぬとは、どういうことでござる」

市之進はつめたい目で順右衛門を見た。

「殿は先ほど小姓の赤座颯太たち三人を供に、相原村に向かわれた。それがいかなることなのか、わからぬおぬしでもあるまい」

「まことでござるか」

念を押すように順右衛門は訊いた。しかし、市之進はじっと順右衛門を見返すばかりで何も言わない。

まじまじと市之進を見つめていた順右衛門は、やがて頭を下げた。

「お教えいただき、かたじけない。拙者《せっしゃ》、これより月の輪様のお屋敷に参りまする」

順右衛門が立ちあがると、市之進は声を発した。

「待て。おぬし、行って何をする気なのだ」

順右衛門は振り向いて、訝しげに市之進を見た。

「殿が何をされようとしているのか、原殿ならば察しがつかれよう。さすればお止めいたすのが家臣の務めでござる」

「相変わらずの石頭であることよ」

「なんですと。いかに原殿とはいえ、言葉が過ぎますぞ」

順右衛門は、われ知らず脇差に伸ばそうとした手を止めた。

「それ、そのように、おぬしは昔から短気で曲がったことが嫌いであった。元服前のころ、友であった百姓の小倅《こせがれ》が役人の〈牢問い〉で死んだおりも、その責めを負わせようと、おぬしは家老の中根兵右衛門様のもとに押しかけた。あの夜、おぬしの父、戸田秋谷殿は出ていこうとするおぬしの気配を知らなかったと思うのか」

「それは――」

「知らぬはずはあるまい。だが、秋谷殿はおぬしを止めなかった。初めから、友の仇討ちを存分にさせたうえで、その罪は秋谷殿自身が背負うつもりだったのだ」

「それと殿のことと、何の関わりがござる」

静かに順右衛門は訊いた。

「あるとも。殿が何をなされようとしているかは察しがつく。それは男子としてやむにやまれぬ気持でなそうとしていることだ。それを止めてどうする。おぬしの役目は殿がなしたことの責めを負うことではないのか。そうしてこそ家臣としての道を果たせたことになると、戸田秋谷殿ならば考えるのではあるまいか」

順右衛門はあらためて座って、市之進に顔を向けた。順右衛門も、かつて市之進の下役であったころのように口調を改めて言った。

「まことに訝しく思うことがあります。多くのひとが父のことを、息子であるわたしよりもよく知っているのです。たったいまもまさにそうでしたが、さようなひとびとの声を聞くたびに、わたしは父から叱責《しっせき》されているようで、いまだいたらぬという思いで恥じ入るしかできぬのです」

市之進はしばらく黙った後、これは言わずもがなのことではあるのだが、と言ってから話を続けた。

「ひとがおぬしに戸田秋谷殿のことをなぜ話してしまうかと言えば、皆がおぬしの中に秋谷殿の面影を見ているからだ。秋谷殿に話しかけているつもりで、おぬしに何かを求めてしまうのだ。それが父子ということであろう」

「原様は、いかにしてさようにお考えになられたのですか」

不思議そうに順右衛門は訊いた。

「殿にもさようなことを訊かれたが、まことのところはわしもよくわからぬ。ただ、戸田秋谷という御仁は生きていたときだけでなく、死んでからも何事かひとに語りかけてくるひとのような気がする。檀野の家でおぬしの娘に会《お》うたおりから、わしはずっと秋谷殿という鏡を前にいたしておるような心持なのだ」

「さように言っていただき、ありがたく存じます」

順右衛門は頭を下げてから立ちあがった。背を向けたまま、

「ただ、亡き父の声は、いまだわたしには聞こえませぬ。それが寂しゅうござる」

と順右衛門は言って、御用部屋を出ていこうとした。そんな順右衛門の背中に市之進は声をかけた。

「声は聞こえずとも、おぬしの胸の中で秋谷殿の魂は鳴り響いていよう。ならばこそ、おぬしは信じた道を真っ直ぐに歩むのだ」

順右衛門は振り向かず、黙したまま御用部屋を出ていった。

二十三

雲一つない快晴だった。

美雪の駕籠を囲んだ一行が城下外れにさしかかったとき、道沿いの松林の前に立っていた武士が後ろを振り向いて声を上げた。すると松林から七人の武士がぞろぞろと出てきた。

そのまま男たちは駕籠に近づいてくる。

駕籠のそばを歩いていたお春ははっとした。近づいてくる武士たちの中に、見知った左近の家来たちがいることに気づいたからだ。

輿入れの一行を宰領《さいりょう》している戸田家の家士は、戸惑いながらも立ち止まり、

「待て、何か用ありげじゃ」

と駕籠かきに声をかけ、止まるよう指図した。

美雪が駕籠の中からお春に訊いた。

「どうして止まるのですか」

「よくわかりませんが、月の輪様のご家来衆がやってこられます」

「月の輪様の――」

美雪は不審げにつぶやいた。いまから三浦左近の屋敷に嫁いでいくのに、なにゆえの出迎えだろうか、と訝しく思った。

お春は何か言いかけようとして、息を吞んだ。

松林から馬に乗った新たな武士が出てきた。

立派な羽織袴姿の武士は、

――三浦左近

そのひとだった。

左近の家来たちが駕籠の一行を取り巻くと、左近は馬を寄せてきた。

馬上から、一行を差配する戸田家の家士に向かって、

「わしは三浦左近じゃ。花嫁が屋敷に着く前にかどわかされてはいかぬゆえ、迎えにきてやったぞ」

家士は恐れ入って、かたじけのうございます、と答えた。

左近は駕籠の脇に立つお春に目を向けた。

「そなた、確か向山村の娘だな。わしの妾になることを承諾《しょうだく》して、正室の輿入れの供をして参るとは、なかなかよき心がけじゃ。側妾《そばめ》としてかわいがってとらせるぞ」

左近の言葉を聞いて、お春は唇を噛んでうつむいた。すると、駕籠の戸が開いて、美雪が顔を出し、

「お願いがございます。よろしいでしょうか」

と可憐《かれん》な声で言った。左近はうなずく。

「おお、鵙の娘がこれほど美しいとは知らなんだ。何でも言うてみるがよい」

美雪が駕籠から出ようとするので、お春は帯に挟んでいた雪駄《せった》を取り出して駕籠のそばに置いた。

美雪は雪駄を履いて道に立つと、左近に頭を下げてから口を開いた。

「戸田順右衛門の娘、美雪にございます。お願いの儀と申しますのは、お春さん、いえ、お春殿を側妾にしないでほしいのでございます」

左近は大声で笑った。

「なんだ。嫁ぐ前から悋気《りんき》をいたすのか。側妾を置くのを嫌がっては、家を伝えるのを第一とする武門の正室は勤まらぬぞ」

「お聞き届けいただけませぬか」

美雪はすがるように左近を見た。

「ならぬ。その女を側妾とすることはすでに決めたことだ。変えることはできぬ。そのかわり、側妾としたうえで、飽きがきたならそなたの望み通り、放逐《ほうちく》してやろう。それでよかろう」

左近はつめたく言い捨てると、馬首をめぐらした。このまま一行を率《ひき》いて屋敷に向かうつもりのようだ。

「お待ちください。お願いでございます」

美雪が必死な思いで声をかけたが、左近は振り向こうとはしない。

その背中には酷薄さが感じられた。

美雪はお春に顔を向けた。

「すみません、お許しが得られませんでした。お春さんはわたくしのために、嫌でたまらないのに行かれるのでしょう。まことに申し訳ありません」

美雪は涙ぐんでいた。

お春が今日の出発前に戸田家を訪れて、美雪と一緒に三浦屋敷へ行き、左近の側妾になるのだと告げたとき、美雪は呆然として何も言えなかった。

お春はなぜそんなことまでしてくれるのかと思った。どんな事情があるのだろうかと考えたが、わからなかった。

だが、駕籠に揺られてくる間に、お春が左近の側妾になるのは自分を守るためなのではないかと気づいた。

それでも、お春がなぜそこまでしてくれるのかはわからない。

ただ、お春の兄、源吉は、祖父の秋谷や父、順右衛門を守るため、〈牢問い〉に屈せず死んだのだと聞いていた。

（お春さんも同じように、わたくしを守ろうとしてくれている）

そう思った美雪は、左近にお春を側妾にしないでほしいと願わずにはいられなかったのだ。

ほろりと涙をこぼした美雪に、お春は微笑みかけた。

「わたしのために言ってくださってありがとうございます。確かに、わたしは月の輪様の側妾にはなりたくありません。でも、それ以上に美雪様のことを守りたいのです。そのために一緒に行くのですから、一片の悔いもありません」

「どうしてそこまでわたくしのことを思ってくださるのですか」

美雪が問いかけたとき、家士が駆け寄ってきて、

「月の輪様が先導されております。遅れるわけにはまいりません」

と心配げに急がせた。

まわりはすでに左近の家来たちに囲まれている。あたかも美雪とお春は囚われ人のようだった。

美雪はしかたなく駕籠に戻った。

お春は動き出した駕籠に付き添って歩きながら、美雪を助けたいと思う気持に偽りはない、とあらためて思った。

順右衛門の娘を助けたい。それは順右衛門への思いをいまも抱いているお春にとって、かけがえのない願いだった。

三浦屋敷に着いたならば、夜の寝所には美雪に代わって自分が上がろう。そうして

時間を稼《かせ》ぐ間に、きっと順右衛門が立ちあがり、左近を倒してくれるだろう。

美雪を無垢なまま順右衛門のもとに戻したい、とお春は思っていた。そのために身を挺《てい》する自分は、たとえ左近が亡びても順右衛門のもとに行くわけにはいかない。

(そのときは尼《あま》にでもなろうか)

いや、その前に死に場所が見つかるのかもしれないと思いつつ、お春は歩みを進めた。

自分は順右衛門のために闘っているのだ。

そう思うと、お春の心はやすらいだ。

同じころ、颯太は馬を疾駆《しっく》させて相原村に向かっていた。

庄三郎の家のそばで馬を下りると、近くの木に手綱を結びつけて家に入った。台所の水甕《みずがめ》から柄杓《ひしゃく》で水を汲むと、ごくごくと喉《のど》を鳴らして飲んだ。

颯太に薫が気づいた。

「颯太さん、今日はもう下城されたのですか」

薫に声をかけられて、颯太はどきりとした。振り向いて笑顔を作り、

「殿が急に野駆けに出たいと言い出されまして」

と言いつくろった。

「また、ですか」

驚いた様子で薫が首をかしげると、颯太は何度もうなずいた。

「いつもいきなりなので、まわりの者は迷惑しております。殿は瓦岳の麓まで行かれたいそうなのです。道案内人がいります。寅吉と権助、三太、それに桃さんにも案内を頼みたいのですが」

「桃も、ですか」

「はい。殿だけでなく供の者たちもいますので、案内の人数がいるのです」

颯太がつっかえながら言うと、薫はしばらく考えてからうなずいた。

「わかりました。殿が野駆けに出られるなら、お手伝いいたすのが家中の者の務めです。桃も行かせましょう」

薫はそう言うと、声を高くして桃を呼んだ。裏手から桃が応じる声がすると、薫は颯太を振り向いた。

「このことは、旦那様には申し上げなくともよろしいですか」

薫に訊かれて、颯太は顔を横に振った。

「殿は、檀野様には言わぬ方がよいと仰せでしたので」

「さようですか」

薫は微笑んで颯太を見つめた。

「ところで今日は、美雪殿が嫁がれる日です。さらに、お春さんも月の輪様のお屋敷に入られるそうですね」

「はい、さようです」

颯太は目を伏せてうなずく。

「殿が野駆けに出られるとうかがって、美雪殿を見送っていただけるのかと思いました」

「お見送りではありません」

颯太は、きっぱりと答えた。

吉通は左近の強引な申し出に負けて、美雪が左近の正室として迎えられることを認めてしまったのを後悔している。だから、美雪が嫁ぐのを止めて、取り戻すつもりなのだ、と颯太は察していた。

それは颯太にとって、美雪だけでなくお春をも取り戻すことでもあった。ひょっとすると左近は、美雪たちを迎えに家来を遣わしているかもしれない。その時には、たとえ吉通の命《めい》であると言っても容易に引き渡さないだろう。

(斬り合いになるかもしれない)

だとすると、庄三郎にもついてきてもらった方がいいのだろうが、颯太の胸には、

——男がすたる
という吉通の言葉が響いていた。

(殿を男にしなければならない)

颯太はそう固く心に誓っていたのだ。桃が板敷に出てくると、颯太は背筋を伸ばして、

「桃さん、手伝ってもらいたいことがある」

と言った。

桃は一瞬、きょとんとしたが、薫がうなずくのを見て、

「はい」

とはっきり答えた。

その後、颯太は馬で寅吉と権助、三太の田んぼを回って、野良仕事をしていた三人をかき集めて庄三郎の家に戻ってきた。

颯太は庄三郎の家の厩に馬をつなぐと、薫が聞いていないのを確かめてから、

「殿は、わけあって月の輪様のお屋敷に入ることになっていた、美雪様という檀野様の姪御にあたるお嬢様とお春さんのふたりを、月の輪様のもとに行かせず、取り戻すおつもりになったのだ。これは、殿が家臣領民にとってよき主君、よき領主となるための、始まりの一歩だ。わたしを信じて力を貸してほしい」

と言った。桃も合わせた四人は、一瞬目を見開いたがすぐににこりと笑い、うなずいた。

「でも、取り戻すって、どうするっちゃ」

権助が首をひねった。

「だから、美雪様の一行を止めて、連れ帰るのだ」

「そんなことをすると、月の輪様が怒ってえらいことになるっちゃ」

三太が心配そうに言う。

「わかっている。それでも殿は、美雪様やお春さんが悲しい目にあうのを見過ごしにできないのだ」

颯太は噛んでふくめるように言った。寅吉が納得のいかない様子で、

「そんなら、殿様なんだから家来に命令すればいいちゃ。そうすれば、美雪様やお春さんを連れ戻せるんじゃねえのか」

と言った。

「そうしようとしても、重臣の方々の間で話がすぐにはまとまらない。その間に、美雪様たちは月の輪様のお屋敷に入ってしまう。そうなったらもう、美雪様は輿入れしたことになって取り戻せない」

寅吉たちがうなって考え込むと、颯太は唇を湿らせてから再び口を開いた。

「殿は皆の力を借りて美雪様たちを助けたいと思っておられる。それは、これから殿が政をする際にも、領民の力を借りて行いたいと思っていることに通じているはずだ。今日、皆の力で美雪様たちを取り戻すことができたら、羽根藩を武士と農民が力を合わせて変えることができるとわたしは思っている」

颯太が力強く言い切ると、

「それはいいいちゃ」

寅吉と権助が目を輝かせ、桃も興奮して頰を赤くした。

「お春さんを助けたいです」

桃はきっぱりと言った。だが、三太だけが黙っているので、颯太は三太の肩に手を置いて、

「どうした。月の輪様が怖いのか」

と訊いた。三太は頭を横に振った。

「いや、そんなことはないちゃ。だけど、おれは今朝方、月の輪様が八人の家来を引き連れて城下の方へ行くのを見たっちゃ」

「なんだと。それでは、月の輪様は自ら美雪様たちを迎えに出たというのか」

颯太は目を瞠った。

「そうに違いないっちゃ。戸田様の家士だけだったら、殿様が行けば美雪様たちをおとなしく引き渡すだろうけど、月の輪様がいたらそうはいかないっちゃ」

寅吉が目を光らせて言った。颯太は、ううむ、とうなった。あるいは左近の家来が出迎えにきているかもしれない、とは思っていた。しかし、左近自らが来るとまでは思っていなかった。

(もしそうなら、本当の戦になる)

颯太は頭を抱えた。そこに、

「颯太、どうしたのだ」

と声がかかった。振り返ると、吉通が淡雪から下りるところだった。そばには平吾と哲丸が付き添っている。

颯太はまた、ううむ、とうなった。

二十四

吉通は厩の前で颯太から、左近が美雪たちを家来とともに出迎えにいっているようだ、と聞いて頭を掻いた。

「なるほど、そういうことか。やはり、月の輪殿は油断がないな」

傍らに控えた平吾が口を開いた。

「いかがされますか。月の輪様は、殿が戸田様の娘を引き渡すように命じられても応じられますまい。下手をすると斬り合いになります。ここはいったん退《ひ》いたほうがよくはございませんか」

颯太は頭を横に振った。

「それではいつもと同じことになってしまう。月の輪様が強気に出るたび、それを恐れて我儘を許してきたゆえに家中がまとまらないのです。ここは断じて退いてはなりません」

颯太が言い切ると、哲丸が口をはさんだ。

「とは言っても、月の輪様は八人の家来を連れているというではないか。うっかり手を出せば、殿のお命が危ない。いや、月の輪様はそれを狙って自ら迎えに出てきたのかもしれんぞ」

　哲丸の言葉に、颯太は目を閉じて考えてから、

「ならば、殿にはお引き揚げいただき、わたしたちだけで美雪様とお春さんを取り戻しにいくしかない」

　と言った。平吾が顔をしかめた。

「それでは返り討ちにあうだけだ。何にもならぬ」

　颯太がなおも言い募ろうとするとき、吉通が手を上げた。

「まあ、待て。これはわたしが決めねばならぬことだ」

　そう言った吉通は、皆に輪になって座れ、と命じた。吉通は地面に腰を下ろすと近くに落ちていた木の枝を拾い上げ、地面に一本の筋を引いた。

「これが戸田の娘が進んでいる道だ。駕籠であろうから、時はかかるはずだ」

　吉通は三太に顔を向けた。

「この道の途中で、川沿いになっているところがあったな」

「はい。尾木川の明神淵のあたりっちゃ」

　このあたりで鯉を獲っておったな、と言いながら吉通は筋のそばに小さな丸を描い

た。

「鯉をつかまえていたのは、もっと下流の新しい淵っちゃ」

三太が言うと、吉通は少し離れたところにもうひとつ丸を描いた。

「このあたりの道は堤になっていて、両側は斜面で道も細かったな」

一度通っただけの道なのに、吉通はよく覚えていた。

権助が落ち着いた声で答える。

「以前、大水があふれたあたりで、道を高くして堤防にしたっちゃ」

吉通は、にやりと笑った。

「ということは、護衛の者がいても一列か二列に並ぶしかなくなるのではないか。ここでなら、たとえ斬り合いになっても何とかなりはしないか」

平吾が頭を振った。

「それはそうですが、たとえ向こうが一度に寄せてこれないとしても、八人もいるのです。わが方は殿を入れても四人です。待ち伏せして斬り合いに持ち込んでも、所詮多勢《たぜい》に無勢《ぶぜい》です」

「だが、この者たちが手伝ってくれたらどうなる」

吉通は、寅吉と権助、三太の顔を見回した。

寅吉と権助、三太はたがいの顔を見交わしていたが、寅吉が代表して、

「やるっちゃ」

と言うと、権助と三太も大きくうなずいた。

「これで七人になったぞ」

吉通が言うと、平吾は頭を振った。

「まだ、ひとり足りません」

桃が手を上げた。

「わたしがいます」

平吾はあっけにとられたが、吉通は大きく膝を叩いて立ちあがった。

「これで、八人が揃ったぞ」

平吾はすがるように、

——殿
と声を上げた。吉通は平吾を見下ろして、

「わかっておる。寅吉たち領民や女子の桃を危ない目にあわせるようなことはさせぬ。もちろん、無茶は承知だ。しかし、われらは武士だぞ。敵より兵が少ないからといって戦を避けていては、武門の名が泣く。たとえ無謀であろうとも、われらに弱き

ものを助け、邪《よこしま》な強き者を打ち砕く大義があるならば、突き進まねばならぬ」

と毅然として言い放った。

吉通の言葉を聞いて、

「よかった」

と颯太はしみじみと零《こぼ》した。吉通は颯太を見据えた。

「何がよかったのだ」

颯太は目に涙を浮かべて、にこりとした。

「殿がわたしたちの殿であってくれてよかったと思ったのでございます」

吉通は颯太と平吾や哲丸、寅吉、権助、三太と桃を見回して、

「もし、さように思うならば、そなたたちが、わたしの家臣、領民であってよかったと、わたしにも思わせてくれ」

と笑みを浮かべて言った。

颯太たちはいっせいに立ちあがると、拳を突き上げて、

——おう
と声を上げた。

そんな颯太たちの様子を家の中からうかがっていた薫は、そっと板敷を下りて、土

間から外へ出た。

何が起ころうとしているかを、庄三郎に報せるためだった。

お春は駕籠に付き添いながら、中に乗る美雪と言葉を交わしていた。

美雪は若いころの順右衛門のことを聞きたがった。

「父はたいそう厳しく心の裡《うち》をひとに見せませんが、昔からそうだったのでしょうか」

「いえ、そんなことはありませんでした。まこと素直でやさしく、明るい方でございました」

お春が答えると、美雪は言いにくそうに、

「でも、いまでは家中の方たちから、鵙などと呼ばれているのでしょう」

ああ、美雪は順右衛門の仇名まで知って胸を痛めていたのかと、お春はせつなくなった。

「順右衛門様は本当におやさしい方なのです。ですから、ご自分に厳しくしていないと崩れてしまうような気がするのではないでしょうか」

「それは父が、本当は弱いひとだ、ということなのでしょうか」

美雪は案じるように訊いた。

お春は頭を振った。

「いいえ、やさしさは弱さではないと思います。やさしいひとはひとの苦しみがわかり、助けようとします。そんなとき、相手がどれほど強くても恐れない心は、やさしさからもたらされるのだと思います」

「では、やさしさこそが強さなのだと言われるのですね」

美雪は考え込みながら言った。

「はい。順右衛門様のお父上、美雪様にとってはお祖父様の戸田秋谷様も、そのような方だったと聞いております。やさしく慈愛《じあい》に満ちていたからこそ、自分の命を投げ出すのを恐れなかったのだと思います」

「それは、お春さんの兄上もそうだったのではありませんか」

美雪に言われて、お春ははっとした。

そうだった、兄の源吉もそうだった、と思った。だからこそ、死んでからも自分の心に灯りを灯してくれている。

兄のことを思うたびに、貧しく苦しい日々の暮らしを耐える力が湧いてきた。わたしは兄がどうしても助けたくて生かしたいと思い続けた妹なのだと、いつも胸の中で思っていた。
ひとはいとおしく思っていてくれるひとがいてくれれば、道を過たずに生きていける。
月の輪様の屋敷に行けば悲しい思いをしなければならないだろう。それでも、わたしはひとからいとしいと思われたことがあるのだ。
お春は身をかがめて、
「美雪様、わたしは何があろうとも、亡くなった兄の妹であることを誇りにして生きていきます。美雪様も順右衛門様の娘、秋谷様の孫であることを誇りになさってください」
駕籠の中から、
——はい
というけなげな声がした。そのとき、
ぴぃ——っ
という澄んだ音が聞こえてきた。

何だろうとお春はあたりを見回した。すると、川沿いの堤になっている斜面に桃が立っているのが見えた。

桃は真剣な表情で口に草の葉をあてている。

ぴぃ――――っ

また音が響いた。

草笛である。

(桃ちゃんがどうしてこんなところに)

わからないながら、お春は美雪に、

「桃ちゃんが来ています。見送ってくれているのでしょうか」

と告げた。

「草笛ですか」

美雪が訊いた。

「はい、そうです」

美雪はしばらく考えてから、

「颯太さんが以前、わが家に訪ねてきたとき、草笛というのは友を呼ぶ笛だと教えてくれました」

友を呼ぶ笛だと美雪に言われて、お春は胸騒ぎがした。駕籠がさらに進んでいくと、また、

ぴぃ——っ

草笛の音が響いた。

お春がはっとしてあたりを見回すと、桃がいたのとは反対側の斜面に三太が立って草笛を吹いていた。

「颯太さんのお友だちの三太さんです」

お春は美雪に知らせた。

さらに駕籠は進んでいく。尾木川の川面が見えたあたりで、またもや、

ぴぃ——っ

草笛の音が甲高く鳴り響く。桃たちと同じように斜面に立った権助が、一行の先頭を馬に乗って進む左近を睨みつけるようにして草笛を吹いている。

「今度は権助さんです」

お春は美雪に囁くように告げた。

さすがに左近の家来たちが、草笛を気にし出して、

「なぜ、さようなことをしている」

「うるさいぞ」

と権助に向かって怒鳴った。

だが、権助は斜面に立ったまま、平然と吹き続ける。家来たちは列を乱して権助を捕らえにいくわけにもいかず、いまいましげに権助を睨んだ。すると間もなく前方から、さらに草笛の音が聞こえてきた。

お春は声を低めて美雪に言った。

「ああ、またひとり。今度は寅吉さんです」

何かが起きようとしているのだ、とお春にはわかった。

先頭の左近が振り向き、馬上から、

「なにやら、妙な百姓どもがいるが気にすることはない。この先もうるさくするなら

手討ちにするだけのことだ」

と笑って言った。

その言葉が終わらぬうちに、また、

ぴぃ――――っ

と草笛の、ひと際《きわ》澄んだ音が聞こえた。

左近があたりを見回して、

「何者だ。不埒な真似をいたすと斬り捨てるぞ」

と怒鳴った。だが、その時、お春は道の前方に颯太が立っているのに気づいた。

「美雪様、颯太さんです」

お春に言われて、美雪は駕籠の戸を開けて前方を見た。道の真ん中に立ちふさがるようにして颯太が立っている。そして颯太の後ろには、白馬に乗った吉通の姿が見えた。

左近も颯太たちに気づいて、

「これは、何事だ」

と叫んだ。

颯太は答えず、草の葉を口にあてた。

ぴぃ――っ

友を呼び、助けんとする草笛が、空高く響き渡った。

二十五

「邪魔だ。どけ――」

馬上から怒鳴りつける左近を、颯太は睨み返した。

「どきませぬ」

「なんだと。それが主筋のわしに向かって申す言葉か」

左近は顔を真っ赤に上気させた。

「わたしの主君は殿おひとり。あなたが主筋だなどと、思ったこともございません」

左近は颯太から吉通に視線を移して、

「よもやかような不忠者をお許しにはなりますまいな」

と押し殺した声で言った。

吉通は首をかしげる。

「なんと申される。颯太は、わたしへの忠義を第一と考える忠臣でござる。不忠者とは聞き捨てなりませんな」

「主君への忠義は一門にも及ぶものですぞ。わしを侮るのは主君を侮るのも同じ。腹を切らせねばなりませぬ」

左近は憎々しげに言い募った。吉通は笑った。

「これはまた、何を申されるやら。颯太はわたしの命《めい》を果たそうとしているのでござる。主君の命に従っておる家臣に切腹など、させられるはずがござらぬ」

左近は鋭い目で吉通を見つめた。

「ほう、わが行く手を遮ったのは、吉通殿の命だと言われるか」

「さよう。このままお通しするわけには参らぬ」

吉通はきっぱりと答えた。左近はひややかに訊いた。

「わしは妻となる女子をわが屋敷に伴《ともな》おうとしておるだけでござるぞ」

「その婚儀を、わたしは許さぬことにいたしたのだ」

吉通が言い放つと、颯太は腰を落として拝領の吉光に手をかけた。

「何を考えておられるか知りませぬが、婚儀のお許しはすでに頂いておる。それをいまになって許さぬでは通りませんぞ」

左近は嗤った。

「過ちて改むるに憚ることなかれと申すからな」

吉通は平然と答えた。左近は凄《すさ》まじい目つきになった。

「たとえ主君であろうとも、一門たるわしの婚儀を邪魔するなど許されませんぞ」

「家中の女子が苦難に遭《あ》うのを見過ごさぬのも、藩主たる者の務めであろう」

「馬鹿な。わしが妻となる美雪を酷《ひど》い目に遭わせると申されるのか」

左近が吐き捨てるように言うと、颯太が口を開いた。

「美雪様だけではありませぬ。お春さんも返していただきます」

吉通と颯太の言葉を聞いて、美雪とお春は息を呑んだ。ふたりは美雪とお春を助けるために左近と戦おうとしているのだ。

「ほざいたな。もはや戯言は聞き飽きた。さほどに取り戻したければ、力ずくでかかってまいるがよい」

吉通が淡雪から下りた。刀に手はかけない。

「いかにも承知した。これよりは言葉はいらぬ」

吉通が言い放つのと同時に、颯太は吉光を抜いて、

「いざ――」

と叫んだ。

「ふん、小賢《こざか》しい奴らだ」

左近は薄く笑うと馬から下りて、すらりと刀を抜いた。家来たちも駆け寄って、それぞれが刀を抜く。白刃が不気味に光った。

左近は片手で刀を持ったまま、

「詫びるならいまのうちだぞ。たったふたりで何ができるというのだ」

「ふたりではない」

颯太は叫び返した。

「ふたりではないだと。ふん、あの百姓どもか。そのようなもの、何人いようと同じことだ。わしの邪魔をしたことを後悔させてやる」

左近は、そう吐き捨てるように言いながら、一歩前に出た。そのとき、颯太はまたもや草の葉を口にあてた。

ぴぃ——っ
草笛の音が響くと同時に、左近やその家来たちに向かって、道の両脇から風を切って礫《つぶて》が飛んだ。

寅吉や権助、三太、さらに桃までもが石を投げている。

左近たちは石を刀で払いつつ、

「百姓ども、かような無礼をいたしたからには、命はないと思え」

と怒鳴った。しかし、礫はやまない。左近は焦って、

「皆の者、あやつらを斬れ」

と命じた。家来たちが道の両側に駆け下りていく。その隙に颯太が、

——覚悟
と叫んで左近に斬りかかった。まわりの家来たちがあわてて、

「狼藉者《ろうぜきもの》——」

と大声《たいせい》を発して颯太を遮り、斬りつけた。

颯太がこれを吉光で受けたとき、行列の後ろから平吾と哲丸が、

——うわーっ

と声を上げながら、美雪が乗った駕籠に向かって突進した。

事情がわからず呆然と立ちすくむ、随行《ずいこう》してきた戸田家の家士を押しのけ、駕籠を取り囲んでいた左近の家来たちが不意をつかれて混乱した。さらに平吾が、

「どけ、どけ――」

と怒鳴りながら脇差を振り回し、男たちがいったん退がった隙に、哲丸が駕籠のそばに寄って声をかけた。

「美雪様、殿の思し召しです。急いでください」

抜き身を持った哲丸が血相を変えて駕籠に近づいたので、担いでいた足軽たちはあわてて駕籠を下ろした。

「美雪様――」

お春にうながされて、美雪は駕籠から出て雪駄を履いた。すると、左近の家来が駆け寄ってきて、

「どこへ行かれるおつもりでござる。駕籠にお戻りくださりませ」

と止めた。その男に平吾が走り寄って、

「邪魔をいたすな」

と怒鳴りつつ、脇差を振り上げた。

「慮外な――」

男も刀を抜いた。平吾はためらわずに斬り込んだが、男はこれを刀で弾《はじ》き返した。

平吾が勢いあまってよろけると、男は大上段に振りかぶって斬りつけた。

その瞬間、今度は哲丸がその男に向かって突進した。

――うわっ
哲丸の脇差で右足の太腿《ふともも》を突かれた男が、悲鳴とともに転倒した。

その様を見た左近は、

「何をしておる。女たちを奪われてはならぬ。ここはかまわぬゆえ、押し包んで討ち取れ」

と大声で命じた。左近のまわりにいた家来たちが、ばらばらと美雪たちに向かって走った。左近の傍らにはふたりの男だけが残った。

「待て――」

颯太が追おうとしたが、その前に左近が立ちふさがる。

「そなたの相手はわしがしてやろう」

颯太がはっとして吉光を構えると、左近はゆっくりと前に出ようとした。しかし、残った男たちが、

「われらにお任せください」

と言うなり颯太に斬りかかった。颯太は吉光でこれを防ぐ。しかし、家来が交互に斬りつけてくると、じりじりと後退った。

「颯太、ひとりはわたしにまかせろ」

吉通が刀の柄に手をかけて声を発した。颯太は懸命に吉光を振るいながら、

「主君を守るのは家臣の役目。手出しはご無用にございます」

「とは申しても、そなたは押されておるではないか」

「いまから押し返すところです」

颯太は気合を発してふたりの刀を弾き返すと、ひとりに突きを見舞おうとした。

だが、気が逸《はや》り過ぎたのか、足がもつれて倒れた。

地面に這った颯太に向かって家来が斬りつける。

がきっ

その刀を、飛び込んできて弾き返した武士がいた。

檀野庄三郎だった。薫から颯太が吉通たちとともに美雪を救いにいったと聞いて、

駆けつけたのだ。

　庄三郎は刀を弾くと同時に踏み込んで、家来のひとりの腕を斬った。さらにもうひとりの家来が斬りかかると、今度は太腿をさっと薙《な》いだ。一瞬でふたりの男たちを制していた。

　庄三郎は刀を鞘に納めつつ颯太に、

「主君を守るのは家臣の役目とはよう申したが、言葉通り守らなければ、ただの戯言になってしまうぞ」

と言った。颯太は起きあがってあえぎながら言葉を発した。

「檀野様、ご懸念無用にございます。わたしにはまだ倒さねばならぬ相手がいるのですから」

　颯太は立ちあがると左近を睨んだ。

　左近は珍しいものを見るように颯太を見つめた。

「そなた、家臣の分際で一門衆たるわしを斬ろうと申すのか」

「いかにも。暴虐非道な御仁は、たとえ御一門衆であっても許しません」

　左近は、ははっと笑った。

「それが許されるからこそ藩主一族なのだ。わしたちがいなければ、百姓町人どもはどうやって暮らしていくのだ。治める者がいるからこそ、領民どもの日々の暮らしも成り立つのだぞ」

左近が言い終わらぬうちに、吉通が口を開いた。

「それは違う」

左近は吉通を睨んだ。

「殿とは申せ、まだ若輩の身で、わしに異を唱えるおつもりですかな」

「それほどのことではない。ただ、主君とは、家臣領民の海に浮かぶ舟であろうと思うのだ。もし海がなくなれば、舟も浮いておられぬ」

「馬鹿な。屁《へ》理屈を申されるな」

左近は苛立たしげに叫んだ。庄三郎が、からからと笑った。

「なるほど。われらはいつの間にか名君をいただいていたようだ。わが岳父、戸田秋谷も、かような名君のもとでならば死なずにすんだでありましょう。まことに残念でござる」

馬鹿なことを、ともう一度つぶやいた左近は、ふとまわりを見回して、

「ご覧なされ。先ほどからわれらに無礼を働いておった者どもが追われておりますぞ。間もなく捕まえたならば、わしが無礼討ちにいたす。武士に無礼を働けばどのよ

うなことになるか、思い知らせてやりますぞ」

と嘯《うそぶ》いた。

左近の言葉通り、寅吉や権助、三太、さらに桃までに、白刃を手にした男たちが迫っている。

平吾と哲丸は美雪とお春を守って家来たちと戦っており、動けない。

「皆、逃げて」

お春が甲高い声を上げた。颯太は助けにいきたかったが、目の前に左近が立ちふさがっている。

「あの者たちはわたしの言いつけに従ったのだ。何の罪もないのだから追うな」

颯太が声を張り上げると、左近はせせら笑った。

「あのような虫けら同然の者どもをかばい立ていたすなど、馬鹿なことを申すものよ」

颯太が言い返そうとしたとき、吉通の怒声が飛んだ。

「馬鹿はきさまだ」

左近が驚いて振り向くと、吉通はさらに言葉を重ねた。

「あの者たちはわが領民である。それに手をかけようとする者はわが敵である」

吉通は顔を真っ赤にして、憤然と刀を抜き放った。

「殿――」

颯太が言いかけようとするのを吉通は遮った。

「颯太、止め立て無用だ。これは主君としてわたしがなさねばならぬことなのだ」

吉通は言い放つなり、庄三郎に顔を向けた。

「檀野、この痴《し》れ者はわたしが成敗《せいばい》する。その間に、そなたは彼の者たちを助けてやってくれ」

承知仕った、と駆け出そうとした庄三郎は立ち止まって振り向いた。

「殿、すでにあの者たちへの助太刀が来たようでござる」

なに、と吉通と颯太が目を遣ると、寅吉や権助、三太、桃に迫っていた男たちが、うめき声を上げて次々に倒れていく。

空気を切る鋭い音とともに、礫が家来たちを襲っていた。

礫を投じているのは戸田順右衛門だった。

庄三郎は感心したようにつぶやく。

「順右衛門は子供のころから礫の達者だったが、腕は落ちておらぬようだ」

順右衛門はなおも礫を投じて男たちを倒していく。さらに刀の鯉口《こいぐち》に指をかけ、美雪たちに向かって走り出した。

「父上――」

美雪が叫んだ。

順右衛門は白い歯を見せて、にこりと笑った。

平吾と哲丸に向かって刀を振るっていた男たちが振り向いた。

「戸田様、なにをなさる」

「婚儀を邪魔されるおつもりか」

左近の家来たちは美雪を渡すまいと立ちはだかった。順右衛門は男たちに鋭い目を向けた。

「父が娘を取り戻すのに、何を憚ることがあろう。どけ――」

順右衛門が美雪に近づこうとすると、家来たちが斬りかかった。順右衛門は一瞬腰を落として、居合を放った。

ふたりの家来が、道の両脇に同時に倒れた。

「急所ははずした。手当をすれば助かるぞ」

順右衛門は言い捨てて、美雪に近づいた。平吾と哲丸は順右衛門の剣技に目を瞠って、何も言えない。

美雪は順右衛門にすがった。

「父上――」

涙ぐむ美雪の肩を抱きながら、順右衛門はお春に目を向けた。

「お春、辛い思いをさせてすまなかった。わたしは何が大切なのか、気づくのが遅かったようだ」

「いいえ。美雪様を助けにきてくださり、嬉しゅうございます」

お春も涙声で言った。

「何を申しておる。わたしが助けにきたのは美雪だけではない。そなたもだ。美雪とともにわたしの屋敷に帰ろう」

「わたしも、でございますか」

お春は信じられないような表情で順右衛門を見つめた。

「月の輪様に抗《あらが》ったからには、これから何が起こるかわからない。それでも、わたしはお春にわたしの妻になってもらいたいと思っている」

順右衛門は、きっぱりと言った。

「順右衛門様――」

お春は呆然として涙を流した。

美雪が嬉しそうにお春に寄り添った。

道の上にはふたりが倒れ、道の両脇にも順右衛門の礫で倒された男たちがうずくまっている。

もはや左近の家来で無傷な者はいなかった。

二十六

「おのれ、戸田順右衛門め。不埒な――」

左近がうめくと、吉通が、

――いざ
と声を発した。

左近は、じろりと吉通を見た。

「一門同士が刀をまじえるなど、あってはならぬことでござる。もし幕府に聞こえたならば、何となさる。家中取り締まり不行き届きにて、お取りつぶしになるは必定《ひつじょう》でござるぞ」

脅すような左近の言葉に、吉通は鼻白《はなじろ》んだ。すかさず左近は颯太をあごでさした。

「どうしても勝負がいたしたいということであれば、その者にさせればよろしいではござらぬか。先ほどからの高言《こうげん》を聞いておれば、喜んで身を投げ出すはずでござる」

庄三郎が前に出て、

「ならば、それがしがお相手仕ろう」

と言った。しかし、颯太が前に出て、庄三郎に頭を下げた。

「檀野様、ここはわたしにやらせてください。さもなければ、わたしはこれから武士として生きていくことができなくなります」

庄三郎は少し考えてから、

「わかった、やってみろ。骨は拾ってやる」

と言った。颯太は嬉しげにうなずく。

吉通が颯太に声をかけた。

「存分にやれ」

颯太はひと声、

——おう

と応じた。颯太は吉光を構えて、するすると前に出た。

左近は口を閉ざし、刀を脇に構えるとすり足で横に動く。颯太は左近の動きについていく。

いつの間にか順右衛門が美雪やお春、平吾、哲丸とともに近寄って、颯太と左近の対決を見守っていた。寅吉や権助、三太、桃たちも堤を這いあがってきて、颯太の戦いを真剣な眼差しで見つめた。

桃が、思わず手を握りしめて、

「颯太さんがんばれ」

と言うと、寅吉や権助、三太も口々に、

「負けるなっちゃ」

「しっかりしろっちゃ」

「やっつけろっちゃ」

と声を上げた。

左近は、じりじりと横に動きながら、

「どうした。顔色が青いぞ。死ぬのが怖いのであろう」

とつめたく言った。

颯太は食い入るように左近を見つめるばかりで何も言わない。額に汗が滲《にじ》んでいる。

左近が突然、前に出た。

叩きつけるように刀を颯太に振り下ろした。颯太は吉光で受けた。しかし、左近の刀の切っ先が颯太の額をかすめて血が滲んだ。

それを見た左近はひややかに笑うと、左右に刀を振るって斬りつけた。颯太はそれに翻弄《ほんろう》されてかろうじて吉光で防ぐが、左近の刀は颯太の着物や顔、手足などを少しずつ薙いでいく。

かすり傷だが、颯太はしだいに血まみれになっていった。その様を見て、庄三郎は眉をひそめた。

「嬲《なぶ》り殺しにするつもりだな」

庄三郎の言葉が聞こえたが、吉通は強張《こわば》った顔で戦いを見つめ、何も言わない。

お春が順右衛門にすがって、

「このままでは颯太さんが殺されてしまいます。助けられないものなのでしょうか」

と言った。

順右衛門は鋭い目で颯太を見つめた。

「赤座颯太は、いま武士として戦っている。誰にも止めることはできないのだ」

順右衛門のつぶやきに応じるように、颯太は前に出て吉光を横に振るった。左近は余裕を持ってかわしたが、石を踏んで足を滑らせた。

わずかに体勢が崩れたのを颯太は見逃さなかった。

――やあっ
気合とともに、左近の懐に飛び込むようにして突いた。左近はこれをかわしざま、足を上げて颯太の腰を蹴った。

颯太がもんどりうって倒れると、左近は上から斬りつけていく。颯太は土に汚れながら、ごろごろと転がった。左近は、

「逃げるな」

と怒号しながら追いかけて、上から刺そうとする。もはや、立ち合いではなかった。

「往生際《おうじょうぎわ》が悪いぞ」

ひと声上げた左近は、刀を逆手《さかて》に持って止《とど》めを刺そうとした。

その刀が地面に突き刺さった瞬間、颯太は跳ね起きた。上から覆いかぶさるようにしていた左近の左太腿をさっと吉光で薙いで、再びごろごろと地面を転がった。

左近は舌打ちして片膝を突いたが、ゆっくりと立ちあがった。苦しげに左足をかばいながら颯太に近づいていく。

「それへ直れ、無礼者め。手討ちにしてくれる」

左近は青ざめた顔でつぶやくように言った。颯太は立ちあがると、再び吉光を構えた。血と汗と泥に塗《まみ》れて、荒い息遣いをしていた。

なおも左近は近づいてくる。

颯太はおびえたように震えながら吉光を握りしめていたが、意を決して左近に突きを見舞おうと腰を落とした。

そのとき、庄三郎が傍らに立って、颯太の肩に手をかけた。

「もうよい。これ以上やれば、主筋を殺すことになる」

なだめるように言った庄三郎は、近づいてくる左近に声をかけた。

「もはや勝負はつき申した。刀をお引きくだされ」

左近は、ゆっくりと頭を横に振った。

「まだだ。わしがそやつの息の根を止めるまで勝負は終わらぬ」

左近の言葉を聞いて、庄三郎は跳躍するように左近に接近するや、

――ご免

のひと声とともにその襟《えり》をつかみ、腰を入れて投げ飛ばした。左近を地面に叩きつけた庄三郎は、そのまま腕をねじり上げた。

左近は悔しげにうめいたが、立つことができない。

吉通が近づいて、

「月の輪殿、これにてすべては終わりました。それでも納得がいかぬなら、老中に訴えるなり、なんなりとされるがよい。いかなることでも受けてたちますゆえ。そしてわたしは、家臣領民のため、決して負けることはござらぬ」

と言うと、左近はあえぎながら睨んだが、もう何も言わなかった。

吉通は堤に倒れている左近の家来たちに、

「月の輪殿はもはやお屋敷にお帰りである。供をいたせ。傷を負った者は近くの農家の者に頼んで運んでもらえ。医者も呼ぶがよい。それから、ここでの争いはなかったことにいたすゆえ、さよう心得よ」

と告げた。男たちがよろよろと立ちあがるのを見た吉通は、順右衛門に顔を向けた。

「戸田、今日のことはかように始末いたす。また、そなたの娘と月の輪殿の婚儀も取りやめだ。すべてはわたしが決めたことだ。それでよいな」

「御意――」

順右衛門は頭を下げた。

吉通は、にこりとして颯太に顔を向けた。
「颯太、そのざまは何だ。さっさと吉光を納めろ。戸田の娘を送って城に戻るぞ。また原から説教を食ろうてはたまらんからな」
颯太がうなずいて吉光を鞘に納めると、吉通はまわりを見回して、
——平吾
——哲丸
——寅吉
——権助
——三太
——桃
とひとりずつ名を呼んだ。皆が嬉しげな顔になると、吉通は、
「皆、よくやってくれた。今日は勝ち戦であった」
と告げた後、颯太を振り向いた。
「颯太、勝鬨《かちどき》を上げよ」
命じられた颯太は戸惑いながらも右の拳を上げ、血だらけの顔で、

——えいえい

と勝鬨を上げた。

皆がこれに呼応して、

——おー

と叫ぶ声が空に響いていった。

それを見届けた吉通は、平吾に淡雪を引いてこさせるとひらりとまたがった。

「さあ、帰るぞ」

吉通に言われて皆が歩き出すと、傷だらけの颯太を案じるように美雪がそっと寄り添った。

「痛みますか」

美雪に問われて、颯太は頭を横に振った。

「少しも痛みません」

実際、颯太は美雪が傍らに立った瞬間に、すべての痛みを忘れたのである。

吉通を先頭に皆が歩いていくのを、庄三郎と順右衛門は見つめていた。

庄三郎は腕を組んで吉通の後ろ姿を眺めながら、

「順右衛門、われらはついに名君をいただくことになるのではないか」

と言った。

順右衛門は笑った。

「何の、まだまだです。これから、もっと大きくなっていただかねばなりません」

「そんなものかな。しかし、今日、月の輪様と戦う颯太を見たとき、昔、友のために家老の屋敷に乗り込んだ戸田郁太郎を思い出したぞ」

「さようですか」

「思えば、戸田秋谷様の心はこうして伝わっていくのかもしれぬな」

庄三郎はしみじみと言った。

「そうかもしれません」

「颯太はいずれ殿の側近として、うるさい重役であるおぬしを倒しにくるであろう」

庄三郎は順右衛門の横顔に目を遣りながら、何やら心楽しげにそう口にした。

「その日が楽しみです」

青く澄みわたった空を見上げるようにした順右衛門は、ふっと笑みを浮かべてそう応えてから、庄三郎に呼びかけるように続けた。

「――義兄上《あにうえ》」

蜩の鳴く声が空から降るように聞こえる。

解説——若い世代に命が続くことをうたい上げた物語

文芸ジャーナリスト　内藤麻里子《ないとうまりこ》

葉室麟《はむろりん》の代表作「羽根藩《うねはん》」シリーズ五作目にして、最終話である。武士の矜持《きょうじ》を描いてきた物語は、本作で鮮烈な青春小説の輝きを見せてくれる。しかも直木賞《なおきしょう》を射止めた『蜩《ひぐらし》ノ記』（二〇一一年）の十六年後の設定で、読者が待ちに待った一作なのである。

寛永《かんえい》九（一六三二）年、信州松本《しんしゅうまつもと》から転封《てんぽう》され九州、豊後《ぶんご》羽根に五万二千石を拝領したのが本書の舞台、羽根藩の始まりである（『蜩ノ記』より）。藤沢周平《ふじさわしゅうへい》が『蟬《せみ》しぐれ』などで使った架空の「海坂藩《うなさかはん》」を意識したであろう、作家渾身《こんしん》の舞台設定なのだ。

シリーズを簡単にふり返っておこう。

第一作『蜩ノ記』は、藩主の側室との密通が疑われ、家譜編纂《へんさん》と十年後の切腹を命じられた戸田秋谷《とだしゅうこく》のもとに、見張り役として檀野庄三郎《だんのしょうざぶろう》がやってくるところから幕が開く。第二作『潮鳴《しおな》り』（二〇一三年）は、「襤褸蔵《ぼろぞう》」と呼ばれるほどに落ちぶれた伊吹櫂蔵《いぶきかいぞう》が、切腹した弟の弔《とむら》いとばかりに再び出仕《しゅっし》する。

第三作『春雷《しゅんらい》』（一五年）は苛烈《かれつ》な改革断行から「鬼隼人《おにはやと》」と呼ばれる多聞《たもん》隼人が沼の干拓に乗り出す。第四作の『秋霜《しゅうそう》』（一六年）は『春雷』から三年後の話。羽根藩が改易の危機を迎える中、藩主の旧悪を知る鬼隼人ゆかりの者たちを殲滅《せんめつ》する策略が動き出す。

『蜩ノ記』と『草笛物語』、『春雷』と『秋霜』はそれぞれつながるが、これら二つのグループと『潮鳴り』の時代設定の前後は細かくつけられてはいない。気にせず読み進んでいいようだ。

このシリーズで一貫して描かれるのは生と死だ。いかに生き、いかに死ぬか。しかし、そこに触れる前に、もう一つの特徴を先に紹介しておきたい。

『いのちなりけり』（〇八年・文藝春秋）、『散《ち》り椿《つばき》』（一二年・角川書店）など、葉室さんは時代小説で男女の哀歓、夫婦の情愛を一つの軸として描くことが多い。「羽根藩」シリーズでも、丁寧《ていねい》に書き込んでいる。第三作『春雷』では、過酷な境遇に置かれた妻と夫の思いに涙を禁じ得なかった。『草笛物語』では、人質代わりの縁談を前にした美雪《みゆき》がお春《はる》に連れられて檀野庄三郎宅を訪れた時、妻の薫《かおる》が不在の夫を呼びに行かせる。薫から「戻ってくれ」と言われたら、庄三郎は息せき切って戻ってくる。こういう関係性がいとしくてたまらない。

葉室さんの筆は悠揚《ゆうよう》として、男女に限らず人と人の絆《きずな》や家族の情愛もほんの一行に血肉を通わせて描きだす。「羽根藩」シリーズは、情景描写も含め、その筆がさえわたっている。葉室さんの代表的シリーズとされるゆえんである。

では、もう一つのゆえんである生と死に視線を移そう。

武家社会には我々には及びもつかない理不尽がまかり通っている。何か起きればミスがなくともとがめられ、事実と違う噂《うわさ》がまかり通る。諫言《かんげん》するのも命がけ、切腹してことを収める。武家はなんと不自由なことよと嘆息《たんそく》するが、いや、待てよと思う。ままならないことは、実は現代社会にも満ち満ちているではないか。だから、どこかにシンパシーを感じながら読んでしまう。

大商人と組んだ藩を揺るがす策謀に、凜冽《りんれつ》な戸田秋谷、軟の檻褸蔵、硬の鬼隼人が対峙《たいじ》する。お役目に邁進《まいしん》する彼らの姿を軸に、家族の情愛、仲間の思いが絡《から》み合い、えも言われぬ読後感を残す。秋谷は切腹、檻褸蔵は生き延びて、鬼隼人は討ち死にと三者三様に後に残る人々を生かしていく。それは作中の人物たちだけではない。私たちにも前を向かせる力を与えてくれるのだ。これぞ小説を読む醍醐味《だいごみ》の一つだろう。

ことに『蜩ノ記』の秋谷の死は、小説に描かれる最も尊《とうと》い死の一つであろう。十六年後の設定の本作『草笛物語』で、遺児である長女薫にこう言わせている。

「父が自らの死によってひとびとの過《あやま》ちや罪業《ざいごう》を背負ったのは、ひとを生かす道だったからではないかと思います」

これはまるで、ゴルゴタの丘で十字架にかけられたキリストではないか。わが国では、神に代わって武士道や茶道など「道」が自らを律する価値観を担《にな》っていると、葉室さんは言っているかのようだ。日本人の精神性を見据えた筆で紡《つむ》ぎ出す生と死は、哀しくむごいけれど何かを心に残す。

秋谷の姿を思うと、葉室さんその人が二重写しになる。

葉室さんは作家になる前、新聞記者だった時代がある。その新聞は休刊してしまい、他の記者が次の仕事を探す中、最後まで会社に残り後始末に携《たずさ》わったという。お酒を飲みながらぽつぽつと話してくれたことだが、どれほどのご苦労、葛藤《かっとう》、悲しみがあったことだろう。そうしたことをすべて呑《の》み込んで、なお絶望せず、人間や歴史、社会を見つめ続けた。飲むときは楽しいお酒で、いろいろな人たちに声をかけた。作家仲間には取材先に橋渡しの労を取ることもあったと聞く。多くの人を生かしてくれた。多くの人に慕《した》われた。

だから秋谷とダブるのだ。いや、秋谷だけではなく、檻褸蔵にも鬼隼人にも作者の魂《たましい》は宿る。羽根藩シリーズが生と死を描いているがゆえに、よけいそんなことを読み取ってしまう。

そして『草笛物語』である。秋谷の嫡男《ちゃくなん》戸田順右衛門《じゅんえもん》は「鵙《もず》」と呼ばれ、中老として辣腕《らつわん》をふるっている。主人公は因縁《いんねん》のある赤座《あかざ》一族の少年颯太《そうた》。「鵙」に対し、「泣き虫颯太」を配した。情けない少年の成長譚《せいちょうたん》であり、死をもって終わった『蜩ノ記』の残響が、若い世代に瑞々《みずみず》しい活力を与える再生の物語である。

命が続いていくことをうたい上げている『草笛物語』が、シリーズ最終話となったのは意義深いと言わざるを得ない。

葉室さんは病に倒れ、本書の単行本が刊行された三カ月後の一七年十二月二十三日にこの世を去ってしまった。享年《きょうねん》六十六。突然の訃報《ふほう》に、言葉を失った。旺盛《おうせい》に執筆している最中だった。一七年一年間だけでも、小説、エッセイの新刊が八冊を数える（アンソロジーは除く）。

先ほども触《ふ》れ、冒頭にも、シリーズ「最終話」と紹介したが、決して「完結編」ではないことを申し上げておきたい。担当編集者に聞けば、「羽根藩」シリーズにはすでに六作目の構想があったという。時代は幕末。夏目漱石《なつめそうせき》の『草枕《くさまくら》』にも描かれた民権運動家、前田案山子《まえだかがし》を人物造形のモデルにして、「羽根藩そのものも変動したであろう幕末」を書く予定だったのだそうだ。

このことを知って、粛然《しゆくぜん》とした。

葉室さんは〇五年『乾山晩愁《けんざんばんしゆう》』（新人物往来社／角川文庫）で歴史文学賞、〇七年『銀漢《ぎんかん》の賦《ふ》』（文藝春秋）で松本清張《まつもとせいちよう》賞を受賞して地歩《ちほ》を築いた。『花や散るらん』（〇九年・文藝春秋）、司馬遼太郎《しばりようたろう》賞に選ばれた『鬼神《きじん》の如《ごと》く　黒田叛臣伝《くろだはんしんでん》』（一五年・新潮社）など歴史・時代小説を次々と世に送り出してきた。

その葉室さんが高杉晋作《たかすぎしんさく》を描いた『春風伝《しゆんぷうでん》』（一三年・新潮社）の頃から、よく口にされていたことがあった。

「デマゴーグ（扇動政治家）と暴言がはびこっている現代社会の根本を問い直したい」

そのためには「明治維新から見なければならない」と言って、明治維新の総括に乗り出していたのだ。一七年十一月には若き日の西郷隆盛《さいごうたかもり》を描いた『大獄《たいごく》　西郷青嵐《さいごうせいらん》賦《ふ》』（文藝春秋）、訃報が届いた直後に発売された『天翔《あまか》ける』（ＫＡＤＯＫＡＷＡ）では幕末四賢侯《けんこう》の一人、松平春嶽《まつだいらしゆんがく》が題材だった。

「羽根藩」シリーズでも幕末を取り上げようとしていたことを知り、自身のテーマに取り組む作家の誠実さを見せつけられた思いがした。

これまでもいろいろあった羽根藩はどんな幕末を迎えただろうか。そしてシリーズはもっと続いたであろうに、円熟の筆はどんな人の営《いとな》みを味わわせてくれただろうか。読むことがかなわぬ今、葉室さんがいないことがただただ寂しい。

（この作品『草笛物語』は平成二十九年九月、小社から四六判で刊行されたものです）

一〇〇字書評

草笛物語

切り取り線

購買動機（新聞、雑誌名を記入するか、あるいは○をつけてください）	
□（　　　　　　　　　　　　　　）の広告を見て	
□（　　　　　　　　　　　　　　）の書評を見て	
□ 知人のすすめで	□ タイトルに惹かれて
□ カバーが良かったから	□ 内容が面白そうだから
□ 好きな作家だから	□ 好きな分野の本だから

・最近、最も感銘を受けた作品名をお書き下さい

・あなたのお好きな作家名をお書き下さい

・その他、ご要望がありましたらお書き下さい

住所	〒				
氏名		職業		年齢	
Eメール	※携帯には配信できません	新刊情報等のメール配信を 希望する・しない			

この本の感想を、編集部までお寄せいただけたらありがたく存じます。今後の企画の参考にさせていただきます。Eメールでも結構です。

いただいた「一〇〇字書評」は、新聞・雑誌等に紹介させていただくことがあります。その場合はお礼として特製図書カードを差し上げます。

前ページの原稿用紙に書評をお書きの上、切り取り、左記までお送り下さい。宛先の住所は不要です。

なお、ご記入いただいたお名前、ご住所等は、書評紹介の事前了解、謝礼のお届けのためだけに利用し、そのほかの目的のために利用することはありません。

〒一〇一－八七〇一
祥伝社文庫編集長　坂口芳和
電話　〇三（三二六五）二〇八〇

祥伝社ホームページの「ブックレビュー」からも、書き込めます。
www.shodensha.co.jp/
bookreview

祥伝社文庫

草笛物語《くさぶえものがたり》

令和 2 年 9 月 20 日　初版第 1 刷発行

著　者　葉室麟《はむろりん》
発行者　辻　浩明
発行所　祥伝社《しょうでんしゃ》
東京都千代田区神田神保町 3-3
〒 101-8701
電話　03（3265）2081（販売部）
電話　03（3265）2080（編集部）
電話　03（3265）3622（業務部）
www.shodensha.co.jp

印刷所　萩原印刷
製本所　ナショナル製本
カバーフォーマットデザイン　中原達治

Printed in Japan ©2020, Rin Hamuro　ISBN978-4-396-34664-5 C0193

祥伝社文庫の好評既刊

山本一力
深川駕籠《ふかがわかご》
駕籠《かご》舁き・新太郎は飛脚《ひきゃく》、鳶《とび》の三人と深川↔高輪往復の速さを競うことに――道中には様々な難関が！

山本一力
深川駕籠 お神酒《みき》徳利
尚平のもとに、想い人・おゆきをさらったとの手紙が届く。堅気《かたぎ》の仕業ではないと考えた新太郎は……。

山本一力
深川駕籠 花明かり
新太郎が尽力した、余命わずかな老女のための桜見物が、心無い横槍で一転、千両を賭けた早駕籠勝負に！

山本兼一
白鷹伝《はくようでん》 戦国秘録
浅井《あざい》家鷹匠《たかじょう》・小林家次《いえつぐ》が目撃した伝説の白鷹「からくつわ」が彼の人生を変えた……。鷹匠の生涯を描く大作！

山本兼一
弾正《だんじょう》の鷹
信長の首を獲《と》る――それが父を殺された桔梗《ききょう》の悲願。鷹を使った暗殺法を体得して……。傑作時代小説集！

山本兼一
おれは清麿《きよまろ》
葉室麟氏「清麿は山本さん自身であり鍛刀《たんとう》は人生そのもの」――源《みなもと》清麿、幕末最後の天才刀鍛冶の生きた証。